마흔, 사랑하는 법이 다르다

마흔,
사랑하는 법이
다르다

주병율 엮음

좋은
더은책

마흔

권영준

잡지雜誌를 사니

별책부록別册附錄이 딸려 왔다

부록附錄은 볼 것이 없어

찢어

아궁이에 넣었다

비로소 생의 윗목으로 불길이 번져간다

마흔.

공자는 마흔을 불혹不惑이라 했다. 사전적 뜻으로는 미혹되지 않는 나이라 한다.

힘들고 아프지만 아파할 수도 힘들다고도 말할 수도 없는 나이. 그것이 이 땅의 마흔들이다. 아무리 발버둥쳐도 돈은 모이지 않고, 언제 물러날지도 모를 직장, 치솟는 물가와 과중한 자녀 교육비, 질병에 대한 두려움, 부모와 자녀에 대한 부양의 책임, 미래에 대한 불안과 노후. 앞뒤를 생각하면 어려움이 첩첩산중이다. 여유로움이라고는 눈 씻고 찾아봐도 찾아볼 수 없는 공간에 갇혀서 사는 마흔들, 하여 그들을 위해 사십 대가 경험하는 다양한 삶의 애환과 따뜻한 인간관계, 때늦은 성찰과 아픔을 담고 싶었다. 우리가 살아오면서 부딪히고 고민했던 모든 일들이 오롯이 한 편한 편의 시로 펼쳐지면서, 여러분들에게도 분명 공감과 기쁨이 함께 전달되리라 믿는다. 한편 흔쾌히 재수록을 허락해주신 모든 시인들께 감사를 드린다.

별책부록을 아궁이에 처박아 넣는 심정으로, 이 땅의 마흔들이여! 그래도 힘내시라!

2012년 가을

시를 엮으며

주병율

2 | 마흔이 우는 법

3 | 불혹, 화해를 시작하다

4 | 겨울에도 피는 꽃, 미흔

5 | 행복이 어설픈 마흔에게

6 | 늙으신 어머니의 발톱을 깎아드리며

1

지는 내 청춘,
피는 그리움

강가에서

윤제림

처음엔 이렇게 썼다

다 잊으니까 꽃도 핀다
다 잊으니까, 강물도 저렇게
천천히 흐른다.

틀렸다, 이제 다시 쓴다

아무 것도 못 잊으니까 꽃도 핀다
아무 것도 못 잊으니까,
강물도 저렇게
시퍼렇게 흐른다.

맞다. 사연 많은 한평생 짐 지고 사는 삶에 잊혀지지 않는 사연 한 둘 없겠는가. 잊으려고 하나 잊혀지지 않는 일들. 더러는 태풍처럼 더러는 잔물결처럼 이런 둥 저런 둥 세상살이에 묻혀서 살지만 잊혀지지 않는 것. 어떤 노시인은 구름도 되고 바람도 되라고 노래했다지. 어떤 이는 가진 것 다 놓아버리면 된다고 하고 집착을 버리라고 하지만 범부의 삶이 어디 그게 말처럼 쉽게 되던 일이던가. 아름다움에도 무늬가 있는 법이다. 그리움에도 무늬가 있는 법이다. 어떤 시인은 또 노래하기를 '그리운 것은 그리워하자'라고 하지 않던가.

한 잎의 여자

오규원

나는 한 여자를 사랑했네. 물푸레나무 한 잎같이 쬐그만 여자, 그 한 잎의 여자를 사랑했네. 물푸레나무 그 한 잎의 솜털, 그 한 잎의 맑음, 그 한 잎의 영혼, 그 한 잎의 눈, 그리고 바람이 불면 보일 듯 보일 듯한 그 한 잎의 순결과 자유를 사랑했네.

정말로 나는 한 여자를 사랑했네. 여자만을 가진 여자, 여자 아닌 것은 아무 것도 안 가진 여자, 여자 아니면 아무것도 아닌 여자, 눈물 같은 여자, 슬픔 같은 여자, 병신 같은 여자, 시집 같은 여자, 영원히 나 혼자 가지는 여자, 그래서 불행한 여자.

그러나 누구나 영원히 가질 수 없는 여자, 물푸레나무 그림자 같은 슬픈 여자.

우리는 누구나 마음속에 나만의 집 한 채씩은 갖고 산다. 세상 어디에
도 존재하지 않는 비밀의 집. 그 집에 닿는 길은 나만이 알 수 있고,
나만이 걸을 수 있는 길이다. 그 집의 곳간에는 바람도 있고, 햇볕도
있고, 꽃도 있다. 쉬 흘러가지 않는 바람, 따스하고 부드러운 햇볕,
향기로운 꽃. 내 가슴에 남은 물푸레 한 잎 같은 집, 이 비밀의 집을
사랑이라 불러서 영원히 나 혼자 가지고 싶은 집.

바람의 노래

오세영

바람 소리였던가.
돌아보면
길섶의 동자童子꽃 하나,
물소리였던가.
돌아보면
여울가 조약돌 하나,
들리는 건 분명 네 목소린데
돌아보면 너는 어디에도 없고
아무 데도 없는 네가 또 아무 데나 있는
가을산 해질 녘은
울고 싶어라.
내 귀에 짚이는 건 네 목소린데
돌아보면 세상은
갈바람 소리.
갈바람에 흩날리는
나뭇잎 소리.

절박한 것은 항상 마음 안에 있다. 우리가 살면서 잊었다고 생각했던 것, 잊고자 했던 것들은 마음속에 있다. 바람만 불어도 일렁거리고 가랑잎 한 장 뒤척이는 소리에도 일어난다. 돌아보면 그것들은 내 마음속의 절박한 잔상일 뿐, 너는 없다. 한 번 어긋나기 시작한 인연. "아무 데도 없는 네가 또 아무 데나 있는" 이 역설의 현실을, 이 절박한 그리움을 어쩐다.

그리운 악마

이수익

숨겨 둔 정부情婦 하나
있으면 좋겠다.
몰래 나 홀로 찾아드는
외진 골목길 끝, 그 집
불 밝은 창문
그리고 우리 둘 사이
숨막히는 암호 하나 가졌으면 좋겠다.

아무도 눈치 못 챌
비밀 사랑,
둘만이 나눠 마시는 죄의 달디단
축배祝杯 끝에
싱그러운 젊은 심장의 피가 뛴다면!

찾아가는 발길의 고통스런 기쁨이
만나면 곧 헤어져야 할 아픔으로
끝내 우리 침묵해야 할지라도,

숨겨 둔 정부情婦 하나
있으면 좋겠다.

머언 기다림이 하루 종일 전류처럼 흘러

끝없이 나를 충전시키는 여자,

그

악마 같은 여자.

나이 사십을 돌아보면 너무 달려만 왔다. 곁눈질 한 번 할 사이도 없이, 인생이 마치 단거리 경주나 된다는 듯이 닿지 않으면 안 될 목표가 있는 것처럼 달리고 또 달려만 왔다. 그러는 사이 하늘은 태연하게 그때 그 하늘이고 나무는 성실하게 자란 그때 그 나무고 꽃은 아름답게 웃는 그때 그 모습들이다. 나만 변했다. 무엇을 잃어버린 것인지도 모르게 등은 서늘하고 눈 밑은 처져 있다. 근육은 탄력을 잃고, 열정은 식은 지 오래. 방전된 내 삶에 에너지를 충전시킬 집, 그립고 설레는 불 밝은 집 한 채 갖고 싶다.

아무르 강가에서

박정대

그대 떠난 강가에서
나 노을처럼 한참을 저물었습니다
초저녁 별들이 뜨기엔 아직 이른 시간이어서, 낮이
밤으로 몸 바꾸는 그 아득한 시간의 경계를
유목민으로 오래 서성거렸습니다

그리움의 국경 그 허술한 말뚝을 넘어 반성도 없이
민가의 불빛들 또 함부로 일렁이며 돋아나고 발밑으로는
어둠이 조금씩 밀려와 채이고 있었습니다, 발밑의 어둠

내 머리 위의 어둠, 내 늑골에 첩첩이 쌓여 있는 어둠
내 몸에 불을 밝혀 스스로 한 그루 촛불나무로 타오르고 싶
었습니다

그대 떠난 강가에서
그렇게 한참을 타오르다 보면 내 안의 돌멩이 하나
뜨겁게 달구어져 끝내는 내가 바라보는 어둠 속에
한 떨기 초저녁별로 피어날 것도 같았습니다

그러나 초저녁별들이 뜨기엔 아직 이른 시간이어서

야광나무 꽃잎들만 하얗게 돋아나던 이 지상의 저녁
정암사 적멸보궁 같은 한 채의 추억을 간직한 채
나 오래도록 아무르 강변을 서성거렸습니다
별빛을 향해 걷다가 어느덧 한 떨기 초저녁별로 피어나고
있었습니다

이별을 예비하지 못한 사람에게 닥친 이별은 돌연하고 가차 없이 닥
치는 고통이다. 그래서 그대 떠난 뒤 배경에서 석양이 질 때까지 맴돌
며 유목민처럼 서성거린다. 우리는 살면서 매 순간 수없는 사람을 만
나고 수없이 이별을 한다. 그중 이별이 이별의 아픔으로 남는 일이란
특별한 관계의 일이다. 지금까지 나는 이별의 아픔을 얼마나 겪었던
가. 우리가 이 시에 감정이 이입되는 것도 시인이 바라보는 이별의 아
픔이 내 자신의 아픔이었기 때문이다. 모든 이별의 배경에는 서성거
림이 있고 마음은 아프다.

바람 부는 날

박성룡

오늘따라 바람이
저렇게 쉴새없이 설레고만 있음은
오늘은 내가
내게 있는 모든 것을 여의고만 있음을
바람도 나와 함께 안다는 말일까.

풀잎에
나뭇가지에
들길에 마을에
가을날 잎들이 말갛게 쓸리듯이
나는 오늘 그렇게 내게 있는 모든 것을
여의고만 있음을
바람도 나와 함께 안다는 말일까.

아 지금 바람이
저렇게 못 견디게 설레고만 있음은
오늘은 또 내가
내가 잃은 모든 것을 되찾고 있음을
바람도 나와 함께 안다는 말일까.

풀잎이 앗아가고, 나무가 앗아가고, 가을날 잎들이 말갛게 앗아간 뒤. 화자에게 남은 것은 적멸이다. 모두 다 앗아가서 내게 없는 모든 것을 깨닫는 순간. 공쪽은 다시 태산의 적막으로 그 마음에 떡하니 버티고 서서 새로운 인식의 지평을 열어 보인다. 그렇다. 내게 없는 모든 것을 알아버릴 때 그때가 바로 충만한 세계는 시작된다. 그 충만의 바다를 항해하는 말들은 다시 풀잎이 되고 나무가 되고 가을날 잎들이 된다.

사랑니

윤의섭

푸른빛의 진통제는 무슨 나무 열매 같습니다
통증의 뿌리가 얼마나 깊기에 이런 알약이 생겼을까요
달갑지 않아도 삼켜야 하는 우울한 처방은
얼마나 오래된 자학인지요
차츰 증세가 가라앉는 사이 누렇게 달뜬 가을나무를 바라
봅니다
저 나무도 통증을 견디고 있을 것만 같습니다
알게 된지 꽤 되었지만 도통 속내를 알 수 없고
한참을 올려 보아도 묵묵부답인 명상을 방해하기는 쉽지
않습니다
나무의 진통제는 아마도 바람이거나 달덩어리라고 짐작하
지만
그래서 서늘해지거나 삼킨 달을 반쯤 토해내기도 하지만
겨울로 가는 부작용은 심한 모양입니다
아픔을 지우려면 순리를 가장하여 다 내려놔야 한다고
떠나보내기 위해 모든 통각을 마비시켜야 한다고
비명도 없이 마른 잎을 끊어버리는 나무는 믿고 있습니다
언제고 통증은 재발할 것입니다
어떤 곤욕을 치렀는지에 대한 기억이 생생하므로
진통제는 눈에 잘 띄는 곳에 모셔두었습니다

이맘때는 늘 바람이 불고 달이 밝습니다

아직은 느껴지지 않습니다

때로 떠나보내기 위해 "모든 통각을 마비"시키고 혹독한 겨울을 견디기 위해 "비명도 없이 마른 잎을 끊어버리는" 나무처럼 기억을 비워야 할 때가 있다. "나무의 진통제가 바람과 달덩어리"이고 삶에의 결연한 의지처럼 붉게 피어 있는 꽃의 봉오리가 열매의 진통제라면 나의 진통제는 과연 무엇인가. 온몸으로 견디고 버텨도 "언제고 통증은 재발"할 것이고 "아픔을 지우려면 순리를 가장하여 다 내려놔야" 하는 것처럼 다 내려놓으면 "겨울로 가는 부작용"에 앞서 고통도 사라져줄 것인가. 사는 일이 때로는 먼 들판을 물끄러미 쳐다보는 일로 외로웠던 그대여. 지난날 그대가 "어떤 곤욕을 치렀는지에 대한 기억" 따위는 내려놓고 이 생생한 나무의 진통제를 받아보시라.

손톱달

유미애

그믐밤, 손톱을 깎는다

하모니카 불던 저녁엔 누군가 향낭을 빠져나가고

이른 아침 내 손가락은 붉게 피어 있었다

쇄골이 드러난 달은

내가 한쪽 허리에 품고 살던 당신의 옛 이름

당신이 흘리고 간 머리칼이 친친, 국화 베개를 감았을 때

빛을 쓸어 담듯 자루 가득 손톱 조각을 모았다

꽃의 몸 어디엔가 조용조용, 무언가 자라고 있어

작약 뿌리를 먹고 눈 먼 뱀이 달을 향해 울고

새들은 또 한 세계를 부수며 날아갔다

당신을 생각하지 않아도 물컹

꽃 냄새가 묻어나는, 새로 보름

푸른 뱀의 눈물자국이 사방으로 번져 갈 때

국화도 작약도 잠든 화단, 당신의 허물 위에 앉아

하모니카 분다

다시는 아프지 말자고, 톡톡

움푹 깎여 나간

달을 본다

세상에는 절망도 아름답게 그리는 재주가 있는 이들이 있다. 이 시인이 그렇다. 사랑이란 이런 것이다. 당신의 머리칼과 화자의 붉게 피어나는 손가락이 하나가 되는 합일의 의례를 통해 "꽃의 몸 어디엔가 조용조용, 무언가 자라고 있어" 당신이 내 안에 존재하는 일. 이러한 행위가 행해지는 그믐밤은 어둡고 이 어둠을 통해서 사랑은 완성된다. "국화도 작약도 잠든 화단, 당신의 허물 위에 앉아/하모니카"를 불며 아픔도 절망도 사랑의 몸살도 이토록 아름답게 만들 줄 아는 그녀는 붉은 향낭을 가진 사람이다.

즐거운 편지

황동규

내 그대를 생각함은 항상 그대가 앉아 있는 배경에서 해가 지고 바람이 부는 일처럼 사소한 일일 것이나 언젠가 그대가 한없이 괴로움 속을 헤매일 때에 오랫동안 전해오던 그 사소함으로 그대를 불러보리라.

진실로 진실로 내가 그대를 사랑하는 까닭은 내 나의 사랑을 한없이 잇닿은 그 기다림으로 바꾸어버린 데 있었다. 밤이 들면서 골짜기엔 눈이 퍼붓기 시작했다. 내 사랑도 어디쯤에선 반드시 그칠 것을 믿는다. 다만 그때 내 기다림의 자세姿勢를 생각하는 것뿐이다. 그 동안에 눈이 그치고 꽃이 피어나고 낙엽이 떨어지고 또 눈이 퍼붓고 할 것을 믿는다.

사람과 사람의 관계도 시대마다 조금씩 그 성격을 달리하고 사랑도
또한 마찬가지다. 지나간 시대의 만남과 사랑법이 깊이와 긴 시간의
지속성에 방점을 두고 있었다면 이 시대의 만남과 사랑법은 찰나적이
고 순간적 만남에 방점을 두고 있지 않는가 싶다. 물론 이러한 관점은
사람마다 다소의 차이성은 가지고 있다. 그러나 대체로 시대의 가치
관을 바탕으로 봤을 때 그렇다는 말이다. 어떤 방식이 좋고 나쁘다는
것이 아니라 자꾸만 사람과 사람의 관계가 가벼워지고 사랑도 일회적
이고 가식적 모습을 담고 있는 것 같아 안타까워서 하는 말이다. 나도
꼰대가 되어가는 것인지…….

저녁의 연인들

황학주

침대처럼 사실은 마음이란 너무 작아서
뒤척이기만 하지 여태도 제 마음 한번 멀리 벗어나지 못했
으니
나만이 당신에게 다녀오곤 하던 밤이 가장 컸습니다
이제 찾아오는 모든 저녁의 애인들이
인적 드문 길을 한동안 잡아들 수 있도록
당신이 나를 수습할 수 있도록
올리브나무 세 그루만 마당에 심었으면

진흙탕을 걷어내고
진흙탕의 뒤를 따라오는 웅덩이를 걷어낼 때까지
사랑은 발을 벗어 단풍물 들이며 걷는 것이었습니다
사랑이 아니라면 어디 사는지 나를 찾지도 않았을
매 순간 당신이 있었던 옹이 박인 허리 근처가 아득합니다
내가 가고
나는 없지만 당신이 나와 다른 이유로 울더라도
나를 배경으로 저물다 보면
역 광장 국수 만 불빛에 서서 먹은 추운 세월들이
쏘옥 빠진 올리브나무로
쓸어둔 마당가에 꽂혀 있기도 할 것 같습니다

당신이 올리브나무로 내 생애 들려주었으니
이제 운동도 시작하고 오래 살기만 하면,

내가 가고도 훗날 올리브나무로 내 생애의 배경으로 남아 있을 사랑
하는 이가 있는 사내는 행복하겠다. 사랑이란 때때로 고통의 원천이
되기도 하지만 또한 사랑은 "매 순간 당신이 있었던 옹이박인 허리 근
처가 아득"해지기도 하고 "진흙탕의 뒤를 따라오는 웅덩이를 걷어낼
때까지/발을 벗어 단풍물 들이며 걷는 것"이기도 한 것이다. 좋겠다.
그 사내.

아침 꽃을 저녁에 줍다*

이은규

아침 꽃을 저녁에 주울 수 있을까

왜 향기는 한 순간 절정인지
아침에 떨어진 꽃잎을 저녁에 함께 줍는 일
그러나 우리는 같은 시간에 머물지 않고

　떠도는 발자국 하나
　지구의 원점, 그리니치 천문대를 지날 때
　흩어진 별들의 고개 기울어지다

알고 있니 천문대의 자오선을 경계로 하루쯤 시차가 난다는
걸, 그도 괜찮지만 착란은 날짜변경선이 지나는 나라의 일,
언제나 거짓말 같은 새벽과 짙은 농담의 밤이 찾아오는 곳

　감은 눈동자 위로 반짝이는 열熱
　이별은 이 별에서 헤어지는 중입니다
　새의 깃도 바람에 헤어지는 중입니다

기억하자 날짜변경선을 동쪽에서 서쪽으로 넘으면 하루 늦
게, 반대의 경우 하루가 빨라진다는 걸, 착란의 시간과 변

하지 않을 운명에 대한 예감은 잠시 접어두기

문득 망설이던 긴 꼬리별
역일曆日의 선을 그으며 떨어지는 순간

때를 달리한 연인은
아침 꽃을 저녁에 주울 수 없고
우리는 너와 나로 파자破字되어 단출할 뿐이다

이제 잊는 것으로 기다릴까
향기로운 새의 부리가 전해줄 꽃의 절정
한 잎은 이쪽으로

　　　　　　한 잎은 저쪽으로

* 루쉰의 산문 제목에서 빌려옴

어떤 시각에서 어떤 시각까지의 사이가 시간이다. 이 시간의 연속성
이 과거와 현재와 미래를 연결한다. 무수히 연결되는 어떤 한 점의
시각, 그 조각의 선분 위에서 우리는 만나고 헤어진다. '아'라고 말하
는 순간 '아'라는 그 말은 벌써 과거가 되고 이처럼 아직 오지 않은 일
들과 이미 이루어진 일들의 사이에서 우리는 산다. "아침 꽃을 저녁
에 주울 수 없고/우리는 너와 나로 파자破字되어 단출할 뿐이다" 맞는
말이다. 무수히 이루어진 만남과 헤어짐들 "이제 잊는 것으로 기다린
다"는 시인의 이 말이 가슴에 쿵 내려앉는다. 아침 꽃을 저녁에 줍는
일, 인연, 잊는 것으로 기억되는 존재들이다.

물미해안에서 보내는 편지

고두현

저 바다 단풍 드는 거 보세요.
낮은 파도에도 멀미하는 노을
해안선이 돌아앉아 머리 풀고
흰 목덜미 말리는 동안
미풍에 말려 올라가는 다홍 치맛단 좀 보세요.
남해 물건리에서 미조항으로 가는
삼십 리 물미해안, 허리에 낭창낭창
감기는 바람을 밀어내며
길은 잘 익은 햇살 따라 부드럽게 휘어지고
섬들은 수평선 끝을 잡아
그대 처음 만난 날처럼 팽팽하게 당기는데
지난여름 푸른 상처
온몸으로 막아주던 방풍림이 얼굴 붉히며
바알갛게 옷을 벗는 풍경.
은점 지나 노구 지나 단감빛으로 물드는 노을
남도에서 가장 빨리 가을이 닿는
삼십 리 해안길, 그대에게 먼저 보여주려고
저토록 몸이 달아 뒤채는 파도
그렇게 돌아앉아 있지만 말고
속 타는 저 바다 단풍 드는 거 좀 보아요.

우리는 누구나 마음 한구석에는 그리움을 품고 산다. 때때로 아름다운 풍경도 한 방울의 눈물도 그리움이 된다. 세상에서 가장 소중한 사람에게 세상의 가장 아름다운 풍경을 보여주고 싶은 마음은 누구나 가지고 산다. 때는 가을 물미해안이 사랑에 익을 대로 익어서 허리를 낭창거리며 옷을 벗는 풍경을 보고 나면 그대와의 사랑도 익을 수 있을까. 발갛게 속이 타는 저 바다 단풍 드는 것처럼…….

이 비릿한 저녁의 물고기

박주택

바람의 배후에서 끈덕지게 남은
집들만이 창문에 힘을 모아 밖을 내다보고 있다

관을 닫으며 누군가가 운다

사물들의 '배후'란 언제나 어둡고 축축하다. 배후가 거느린 습기와 서
늘한 어둠은 항상 밝음과 대비가 되는 곳에 있다. 인간은 세계를 눈으
로 보기에 앞서 먼저 세계를 상상한다. "바람의 배후"에 남아서 집들
이 창을 통해 가서 닿고자 하는 곳은 어디일까. "누군가가 관을 닫으
며" 울음을 우는 집. 이 집들이 불안하다. 이 불안한 집은 어쩌면 오늘
우리들이 살아가는 '지금' '이곳'의 집일 수도 있다. 우리들의 발밑은
허방이고 아직도 갈 길은 멀다. 닫힌 곳에서 열린 곳으로의 이동. 마
흔. 아직은 허방을 딛는 듯한 이 힘겨운 전진의 키를 놓을 수는 없다.

2

마흔이
우는 법

사십세
| 신윤복, 「나월불폐蘿月不吠」 앞에서

맹문재

나는 나뭇가지에 걸린 달을 보고 짖을 것이다

나는 나뭇가지에 걸린 별을 보고 짖을 것이다

나는 나뭇가지에 걸린 신神을 보고 짖을 것이다

나는 나뭇가지에 걸린 맨발을 보고 짖을 것이다

나는 나뭇가지에 걸린 광장을 보고 짖을 것이다

나는 나뭇가지에 걸린 강을 보고 짖을 것이다

나는 나뭇가지에 걸린 병病을 보고 짖을 것이다

나는 나뭇가지에 걸린 이자를 보고 짖을 것이다

나는 나뭇가지에 걸린 명분을 보고 짖을 것이다

나는 나뭇가지에 걸린 폐광廢鑛을 보고 짖을 것이다

나는 나뭇가지에 걸린 밥을 보고 짖을 것이다

나는 나뭇가지에 걸린 길을 보고 짖을 것이다

나는 나뭇가지에 걸린 묵공墨攻을 보고 짖을 것이다

나는 나뭇가지에 걸린 책을 보고 짖을 것이다

나는 나뭇가지에 걸린 이분법을 보고 짖을 것이다

나는 나뭇가지에 걸린 눈물을 보고 짖을 것이다

얼마 전 출판사를 운영하는 조승식 선생을 만났던 일이 있다. 늦은 저녁을 끝내고 보여줄 것이 있다며 수유역 지하철 어느 출입구로 갔다. 그곳에는 할머니 한 분이 갖은 채소류를 바닥에 펼쳐놓고 팔고 계셨는데 그 할머니를 보며 그가 하는 말을 나는 지금도 잊지 못한다. "주 선생, 저는 이 수유역을 지날 때마다 이 채소 가게 앞에서 한참을 앉아서 할머니와 이야기를 합니다." 그렇게 이야기를 하다 보면 자신이 한없이 겸손해지고 작아져서 티끌 같다는 생각을 한다는 것이다. 오십의 중반을 넘어가는 중년의 사내가 할머니를 통해서 위로도 받고 용기도 얻는다고 했다. 그때마다 그는 채소를 골라 품에 안고 집으로 돌아가는데 그 시간이 그렇게 행복하고 기쁠 수가 없다는 것이다. 그 말을 듣고 나는 조용히 혼잣말처럼 웅얼거리며 말했다. "조 선생님이야말로 시인이네요." 돌아보면 문득 나도 사십을 지나고 오십이다. 달도 없고 별도 없는 밤, 나는 무엇을 보고 짖으며 눈물을 훔칠 것인가? 부끄럽고 부끄러운 반추다. 나뭇가지에 걸린 발길이 무겁다.

다른 소리

유종인

저녁 까치들이 약수터 한쪽 공터에 내려 앉았다
어디서 한뎃밥을 몸에 부리고 온 놈도 있어 보이고
그렇지 못해 전전긍긍해 보이는 놈도 있다

왠지 배부른 놈은,
사뿐사뿐 낮은 허공을 계단처럼 올라갔다 내려오고
어딘지 주린 놈은,
껑충껑충 주변 땅바닥을 두리번거리며 훑고 다닌다

이렇게 모이기도 쉽지 않은 저녁이라는 듯이
까치들도 한결 같은 목소리를 내는 저녁인데,
아, 저만치 까치 두 녀석이
무엇 때문인지 푸닥거리하듯 싸우고 있다

내가 매양 들어오던 그 까치소리가 아니다
까치들보다 더 놀란 나는
그 까치들의 비상한 악다구니에 놀랐다

들어보니, 나도 요새 하는 말이 뻔한 시詩쟁이였다
죽은 말들에 산 입과 목청만 붙였으니

까치들 싸울 때, 그 싸움의 악다구니가 배 속에서
끓어오르듯 우러나오는 소리여서 또 놀랐다
나도 새삼 나를 향해 싸우는 소리를 가슴에서
들어보고 싶어져서 더 놀랐다

살면서 익숙해진다는 것은 안정감이 있어 좋고 내가 하는 일 중에 가
장 잘할 수 있는 일이라서 편안해져서 좋다. 그러나 한편으로 익숙해
진다는 것은 너무나 편안해져서 나태와 게으름을 불러서 자신의 정신
을 갉아먹는 독이 되기도 한다. 산다는 것은 하루하루 최선을 다해서
목숨을 부지하는 일이고, 경각의 순간을 안다면 어찌 이 목숨에 게으
름의 망토를 씌울 수가 있겠는가. 자기반성이 없는 삶은 희망이 없고
생각은 가볍다. 하물며 말을 다듬어 꽃을 만드는 시인의 삶임에랴.
죽을 둥 살 둥 한 "죽은 말들에 산 입과 목청만 붙였으니" "나도 뻔한
시詩쟁이였다"라는 화자의 자기 성찰은 지금 이 순간을 빈둥거리는
모든 나태와 게으름에게 주는 회초리다.

일몰의 빈손

오정국

저기에 무엇이 담길지는 생각지 말자

빈손이다

아름드리 팽나무 밑의
평상, 거기에 무릎 꿇고 앉아
공중으로 두 손을 받들어 올리는
노인네, 움푹 팬
궁기의 눈빛으로 올려다보는
하늘

빈 그릇이다

백발의 저 할아버지에겐 식솔이 없다 비로소
경전도 주문도 털어 버렸다 다만,
오늘 하루의 햇빛에게만
예를 갖추겠다는 듯

멈춰진 손바닥의
순간, 순간들

비바람이 밀려온 건 그 다음의 일이다
해가 서쪽 산으로 넘어가고
구름의 아랫배가 붉게 물든 것도 그 다음의 일이다

빈손이 쥐고 있는
빈손

어두워지지 않고는
깊어지지 않는
밤, 이윽고

빈손이 놓아 버리는
빈손

"빈손이 쥐고 있는 빈손" "빈손이 놓아 버리는 빈손"은 "경전도 주문
도 털어"버리고 침묵으로 하는 말이다. 어떤 사람들에게 황혼은 깊이
를 헤아릴 수 없는 신비의 세계가 되기도 하지만 그러나 빈손으로 남
은 사람에게는 천명을 부여받은 하늘에 더 깊은 의미로 화답해야 하
는 엄숙한 시간이다. 우리도 언젠가는 노인이 되고 빈손의 자세로 이
엄숙한 시간을 마주하고 서리라. 그때 우리는 우리들이 지나왔던 시
간, 자신의 마음속으로부터 귀에 익은 소리들을 내려놓고 하늘에 무
엇으로 화답해야 할까.

빙어

주병율

달밤이었다.

화톳불이 타고 있었다.

겨울 무덤 주위에선 가랑잎 한 장도 흔들리지 않았다.

나무들이 어둠 속에서 검게 숯이 되고

세상의 모든 시간들이 당나귀처럼 어둔 산맥을 넘어갔다.

얼음이 벤 돌들이 오래도록 강물 속에서 흐느껴 울었다.

어디선가 쩔렁거리며 자꾸만 요령소리가 들렸다.

사람 하나 없이 저문 산맥을 넘어 시간은 모두 어디로 가고
있었다.

아직 한 번도 가닿지 못했던 시간의 뼈

그 냉기의 뼈를 바르며 빙어들이 눈을 뜨고 있었다.

그들은 여름내 건너지 못한 언 강물을 거스르며

자신들의 생애에 대해, 시간에 대해, 죽음에 대해 골똘해져
있었다.

더는 외롭지 않을 방법에 대해 생각하고 한 방울의 눈물로
밤을 지새기도 했다.

세상 어디서나 꽃은 피고 꽃은 졌다. 달밤이었다.

강물 속에선 자꾸만 요령소리가 들렸다.

바람은 아무데도 보이지 않는데 한 무더기의 억새가 흔들
리고 있었다.*

발목이 가는 빙어의 옆구리가 물살에 흔들릴 때마다
달빛은 얼음 속에서 하얗게 깊어갔다.

＊ 김춘수「붕크의 두 폭의 그림」중에서

과거는 이미 없는 것이며, 미래는 아직 오지 않는 것이다. 이미 없는
것과 아직 오지 않는 것의 접점에서 과거, 현재, 미래의 시간을 파지
하고 달빛 아래 앉아서 화자가 얻은 것은 무엇이었을까. "세상의 모
든 시간들이 당나귀처럼 어둔 산맥을" 자꾸만 넘어가고, "한 무더기
의 억새가 흔들리고/달빛은 얼음 속에서 하얗게 깊어"가는데 공명의
요령 소리를 들으며 그가 기다리는 것은 무엇일까. 더 늦기 전에 그에
게도 화톳불 같은 온기가 세상의 꽃처럼 환하게 피었으면 좋겠다.

적멸寂滅

강연호

지친 불빛이 저녁을 끌고 온다

찬물에 말아 넘긴 끼니처럼

채 읽지 못한 생각들은 허기지다

그대 이 다음에는 가볍게 만나야지

한때는 수천 번이었을 다짐이 문득 헐거워질 때

홀로 켜지는 불빛, 어떤 그리움도

시선이 닿는 곳까지만 눈부시게 그리운 법이다

그러므로 제 몫의 세월을 건너가는

느려터진 발걸음을 재촉하지 말자

저 불빛에 봄비는 하루살이들의 생애가

새삼스럽게 하루뿐이라 하더라도

이 밤을 건너가면 다시

그대 눈 밑의 그늘이 바로 벼랑이라 하더라도

간절함을 포기하면 세상은 조용해진다

달리 말하자면 이제는 노래나 시 같은 것

그 동안 베껴썼던 모든 문자들에게

나는 용서를 구해야 한다

혹은 그대의 텅 빈 부재를 채우던

비애마저 사치스러워 더불어 버리면서

'새소리 소란스러우니 숲이 조용하다'던가. 소요의 한때를 지난 적막
은 곧 적멸의 다른 표현이니 화자가 구하는 것은 그리움도 비애도 다
버리는 것이다. 독일의 철학자 야콥 뵈메는 '고통은 모든 사물의 창
조가 연원淵源하는 원천 자체'라고 했다. 인간은 욕망 때문에 고통스
럽다. 이를테면 자유를 향한 열망, 의지, 그리움들 때문에도 고통스럽
다. 시인은 이 시에서 간절한 그리움을 옮겨 적었던 문자까지도 버리
고 적멸에 들고자 한다. 적멸조차도 버리면 어떤 세상이 올까.

당나귀

이재훈

터덕터덕 걸었을 뿐이다
모래바람 따라 그랬던 건 아니다
보리가 살갗에 닿는 쓰라림 같은 것
그렇게 하늘 끝을 향해 걸어갔다
차도르를 걸친 채 외줄을 탔다
그때부터 귀향지를 생각했다
도랑창에서 잠을 자다 일어나면
귓구멍에 개미가 한가득 기어 다녔다
우주의 날씨는 늘 맑은 것처럼
무더위에는 아무도 관심이 없었다
나는 뒤채는 모래처럼
한 알의 몸, 한 숨의 잠이었을까
사랑을 배운 죄로
이 넓은 광야를 걷고 있는 것일까
이슬의 영롱함과 풀잎의 생명이
더 맑다고 얘기하고 싶은데
자꾸 과거만 투명하게 보인다
뼈와 살이 풍화되는 겨울 저녁
아무도 나의 고향을 말해주지 않았다
아무도 나의 노래를 들어주지 않았다

어느 마구간 구유에 입을 넣고
소리 없이 여물만 삼켰다
나는 원래 들판의 아들이었지
아름나운 횡혼은 뱃속에 숨겨두고
퀭한 눈으로 터벅터벅 걸었다
이제는 도시의 골목을 기웃거리며
쿵쿵 냄새나 맡으며
예술을 아는 척 피카소전엘 간다
어깨 구부정한 늙은 포유류가
저기 보인다

이 시를 읽고 있으면 당나라를 유학하고 돌아와 당대 신라의 부패를
척결하고 개혁적 세상을 외쳤던 최치원의 시 「추야우중」이 생각난다.
"가을바람에 이렇게 힘들게 읊고 있건만/세상 어디에도 날 알아주
는 이 없네./창밖엔 깊은 밤비 내리는데/등불 아래 천만리 떠나간 마
음." 비록 오늘 하루가 고단하고 지쳤다고 하더라도 나는 내가 오늘
내 삶의 주인공으로 당당하고 보람되게 살았다면 이 당대가 아니라도
후대 우리들 자식의 세상에는 더 좋은 시절이 오지 않겠는가.

달팽이 약전略傳

서정춘

내 안의 뼈란 뼈 죄다 녹여서 몸 밖으로 빚어낸 둥글고 아
름다운 유골 한 채 들쳐 업고 명부전이 올려다 보인 젖은
뜨락을 슬몃슬몃 핥아 가는 온몸이 혓바닥뿐인 생生이 있
었다.

"내 안의 뼈란 뼈 죄다 녹여서 몸 밖으로 빚어낸 둥글고 아름다운 유
골"을 밀며 왔던 달팽이의 삶. 명부전의 뜨락을 핥으며 업고 왔던 몸
이 결국 "혓바닥뿐인 생"이었다면 그 생은 과연 무엇이었나. 세상에
는 '정직'하다는 말과 '죽을힘을 다해'라는 말이 있다. 어느 날 문득 나
를 돌아보며 나는 이 두 말에 당당해질 수 있는가. 두려운 일이다.

어느 날 고궁古宮을 나오면서

김수영

왜 나는 조그마한 일에만 분개하는가
저 왕궁王宮 대신에 왕궁王宮의 음탕 대신에
50원짜리 갈비가 기름덩어리만 나왔다고 분개하고
옹졸하게 분개하고 설렁탕집 돼지같은 주인년한테 욕을
하고
옹졸하게 욕을 하고

한번 정정당당하게
붙잡혀간 소설가를 위해서
언론의 자유를 요구하고 월남 파병에 반대하는
자유를 이행하지 못하고
20원을 받으러 세번씩 네번씩
찾아오는 야경꾼들만 증오하고 있는가

옹졸한 나의 전통은 유구하고 이제 내앞에 정서情緒로
가로놓여 있다
이를테면 이런 일이 있었다
부산에 포로수용소의 제14야전병원에 있을 때
정보원이 너어스들과 스폰지를 만들고 거즈를
개키고 있는 나를 보고 포로경찰이 되지 않는다고

남자가 뭐 이런 일을 하고 있느냐고 놀린 일이 있었다
너어스들 옆에서

지금도 내가 반항하고 있는 것은 이 스폰지 만들기와
거즈 접고 있는 일과 조금도 다름없다
개의 울음소리를 듣고 그 비명을 지고
머리에 피도 안 마른 애놈의 투정에 진다
떨어지는 은행나무잎도 내가 밟고 가는 가시밭

아무래도 나는 비켜서 있다 절정絶頂 위에는 서 있지
않고 암만해도 조금쯤 옆으로 비켜서 있다
그리고 조금쯤 옆에 서 있는 것이 조금쯤
비겁한 것이라고 알고 있다!

그러니까 이렇게 옹졸하게 반항한다
이발쟁이에게
땅주인에게는 못하고 이발쟁이에게
구청직원에게는 못하고 동회직원에게도 못하고
야경꾼에게 20원 때문에 10원 때문에 1원 때문에
우습지 않으냐 1원 때문에

모래야 나는 얼마큼 적으냐
바람아 먼지야 풀아 나는 얼마큼 적으냐
정말 얼마큼 적으냐……

욕망이 지나치게 성한 시대다. 성하다 못해 무자비한 시대다. 경쟁이란 미명하에 남들보다 좀 더 가져야 하고 남들보다 좀 더 앞서 있어야 한다는 생각이 앞서다 보면 어떻게 살 것인가에 대해 사려 깊은 판단을 하지 못할 때가 많다. 모래와 바람과 풀에게조차 화자 자신의 옹졸한 삶을 절박하게 되묻는 반성이 많은 생각을 갖게 한다.

밥그릇 경전

이덕규

어쩌면 이렇게도
불경스런 잡념들을 싹싹 핥아서
깨끗이 비워놨을까요
볕 좋은 절집 뜨락에
가부좌 튼 개밥그릇 하나
고요히 반짝입니다

단단하게 박힌
금강金剛말뚝에 묶여 무심히
먼 산을 바라보다가 어슬렁 일어나
앞발로 굴리고 밟고
으르렁그르렁 물어뜯다가
끌어안고 뒹굴다 찌그러진

어느 경지에 이르면
저렇게 마음대로 제 밥그릇을
가지고 놀 수 있을까요

테두리에
잘근잘근 씹어 외운

이빨 경전이 시리게 촘촘히
박혀 있는, 그 경전
꼼꼼히 읽어 내려가다 보면
어느 대목에선가
할 일 없으면
가서 '밥그릇이나 씻어라*' 그러는

* 조주선사와 어느 학인과의 선문답

세상 모든 갈등의 원인이 밥그릇 싸움에서 발생한다. 그만큼 밥그릇
의 의미는 생존과 결부되어 있기 때문이다. 밥그릇이란 모든 욕망의
다른 이름이다. 먹고산다는 일. 그 일에서 자유로운 사람은 아무도
없다. 인간이 인간답게 자신의 생존을 유지하느냐 하지 않느냐의 문
제는 중요하다. 그것은 예속과 종속의 문제와도 관련이 있기 때문이
다. 요즘이야 먹거리가 흔하니 오히려 비만을 걱정하는 시대가 되었
다. 불과 몇십 년 전까지만 해도 배를 곯고 산 가난은 지천이었다. 이
시를 읽고 있으면 가슴 한쪽이 무거워지는 이유도 바로 이런 가난에
대한 기억 때문이다. 세상에서 해야 할 어떤 일보다 가장 우선으로 해
야 할 일이 밥그릇을 챙기는 일이다. 자유도, 종교도, 사랑도 밥그릇
을 깨끗이 닦고 챙긴 후에 할 일이다.

물든 놈

최승호

어느 해 여름 不二門이라는 아름다운 문을 보고, 비구니들의 저녁공양도 받고, 절간 한 귀퉁이 방에 나그네로 잠든 밤에, 앝은 꿈속으로 동창생들이 몰려와 나를 끌어내며 나무라듯 말하더군요.

—너같은 물든 놈이 왜 여기서 잠을 자냐고

'물들다'라는 것은 대체로 빛깔이 스미거나 옮아서 번지는 것을 말한다. 청정의 도량인 승의 공간에 입정한 화자가 자신의 바탕을 물든 놈의 부정적 전형이라 고백하는 데에는 속된 세상의 속된 삶들에 대한 반어적 질타가 강하게 드러나 있다. 풍진의 세상을 살다 보면 나도 물들어 물든 놈과 물든 일을 하고 있을 때가 한두 번이 아니다. 세상에 물든 놈인 나도 가만히 내 가슴에 손을 올려본다.

3

불혹,
화해를 시작하다

아침에

위선환

당신이 보고 있는 강물 빛과 당신의 눈빛 사이를 무어라 이
름 지을 것인가

시간의 저 끝에 있는 당신과 이 끝에 있는 나 사이는 어떻
게 이름 부를 것인가

고요에다 발을 딛는 때가 있다 고요에다 손을 짚는 때가
있다

머뭇거리며 딛는 고요와 수그리고 짚는 고요 사이로 온몸
을 다 밀었으니

지금, 내 몸에 어리는 햇살의 무늬를 어떤 착한 말로 읽어
내야 할 것인가

나뭇잎과 나뭇잎의 그림자 사이를 나뭇잎이 나뭇잎의 그림
자가 되는 사이라 읽으니

한 나무는 다른 나무쪽으로 가지를 뻗고 다른 나무는 한 나
무쪽으로 가지를 뻗어서

두 나무는 서로 어깨를 짚어주는 사이라 읽으니,

사물 그대로의 모습이란 꾸민 것 없는 사물 본래의 모습, 청정무구淸淨無垢라는 말이다. "나뭇잎과 나뭇잎의 그림자 사이를 나뭇잎이 나뭇잎의 그림자가 되는 사이라 읽으니/한 나무는 다른 나무쪽으로 가지를 뻗고 다른 나무는 한 나무쪽으로 가지를 뻗어서/두 나무는 서로 어깨를 짚어주는 사이"가 되는 화자의 이 놀라운 발견이야말로 시인의 마음에 본래 청정무구淸淨無垢의 세계가 들어 있지 않고는 발견할 수 없는 현상들이다. 마음이 건조한 이 어려운 시절에 이 시인과 동시대를 함께 살고 있다는 사실만으로도 행복한 일이다.

연꽃 만나고 가는 바람같이

서정주

섭섭하게,

그러나

아주 섭섭치는 말고

좀 섭섭한 듯만 하게.

이별이게,

그러나

아주 영 이별은 말고

어디 내생에서라도

다시 만나기로 하는 이별이게,

연꽃

만나러 가는

바람이 아니라

만나고 가는 바람 같이…

엊그제

만나고 가는 바람이 아니라

한 두 철 전

만나고 가는 바람 같이…

"간다 간다 하지만 본래 그 자리요, 왔다 왔다 하지만 떠난 그 자리다." 의상義湘의 『법계도기法界圖記』에 나오는 말이다. 만남과 이별에도 세월에 따라 보는 시각이 다 다른가 보다. 젊은 사람의 사랑은 피가 끓는 사랑이겠고 이별은 곧 죽음으로 치부되는 사랑이겠다. 이에 반해 "이별이 아주 영이별이 아니고 다시 만나기로 한 이별같이" 하는 사랑은 연륜과 인식의 깊이를 더한 따뜻하고 부드러운 사랑이다. 노회한 관조의 여유로움이다. 세상에 몸을 두고 사는 연륜의 삶이란 이처럼 엊그제 만나고 갔던 바람도 언젠가는 다시 오는 바람이거니 그윽하게 쳐다봐도 좋을 나이다.

봄날은 간다

이위발

차지도 덥지도 않은 적당한 두께의 나른함을 덮고
깊지도 얕지도 않은 적당한 술잔에 애틋함을 담아

가랑비가 솔솔 내리듯
여인이 나풀나풀 움직이듯
취중은 장자인지 나비인지 모를
몽롱한 꿈을 꾸듯

사람이 사람에게로 가는

"사람이 희망이다." 시인 박노해가 말했다.
"사람이 꽃보다 아름답다." 가수 안치환이 노래했다.
"사람이 사람에게로 가는" 길은 사람이 사람이 되는 길이다.
시인 이위발이 말했다.

풀잎 끝에 이슬

이승훈

풀잎 끝에 이슬 풀잎 끝에 바람
풀잎 끝에 햇살 오오 풀잎 끝에
나 풀잎 끝에 당신 우린 모두
풀잎 끝에 있네 잠시 반짝이네
잠시 속에 해가 나고 바람 불고
이슬 사라지고 그러나 풀잎 끝
에 풀잎 끝에 한 세상이 빛나네
어느 세월에나 알리요?

한 생이 한순간의 호흡 마디에 있고, 한순간 호흡의 마디가 한 찰나
에 있다고 한다. "풀잎 끝에 있는 나, 풀잎 끝에 있는 당신, 풀잎 끝에
빛나는 한세상". 그 짧은 시간의 외줄 위에서 눈 한 번 감았다가 떴을
뿐인데 벌써 서산에는 붉은 노을뿐이더라는 인생에 대한 통찰. 제행
무상諸行無常에 대한 회향이다. 가고, 오고, 웃고, 떠들고 했던 지난
날 모든 순간들이 영원하리라고 착각하면서 경망스럽게 살아온 나를
숙연하게 한다.

사랑법

강은교

떠나고 싶은 자
떠나게 하고
잠들고 싶은 자
잠들게 하고
그리고도 남는 시간은
침묵할 것.

또는 꽃에 대하여
또는 하늘에 대하여
또는 무덤에 대하여

서둘지 말 것
침묵할 것.

그대 살 속의
오래 전에 굳은 날개와
흐르지 않는 강물과
누워있는 누워있는 구름,
결코 잠깨지 않는 별을

쉽게 꿈꾸지 말고
쉽게 흐르지 말고
쉽게 꽃피지 말고
그러므로

실눈으로 볼 것
떠나고 싶은 자
홀로 떠나는 모습을
잠들고 싶은 자
홀로 잠드는 모습을

가장 큰 하늘은 언제나
그대 등 뒤에 있다.

침묵이 때때로 커다란 나무가 될 때가 있다. 떠나고 싶은 자 떠나보내고 잠들고 싶은 자 잠들게 하면서 바라보는 영혼은 땅속에서 막 파낸 석관처럼 차고 단단하다. 꽃과 하늘과 무덤에게조차도 침묵하는 마음이다. 그러나 이 침묵은 죽음의 공간을 배회하는 무거움의 침묵이 아니라 불과 같이 하늘로 타고 오르는 향일성 침묵이다. 침묵이 쉽게 흐르지 않고 가볍게 움직이지 않아서 가끔은 하늘을 등 뒤에 거느리는 커다란 나무가 될 때가 있다.

고양이가 돌아오는 저녁

송찬호

고양이가 돌아오는 저녁,

입안의 비린내를 헹궈내고
달이 솟아오르는 창가
그의 옆에 앉는다

이미 궁기는 감춰두었건만
손을 핥고
연신 등을 부벼대는
이 마음의 비린내를 어쩐다?

나는 처마 끝 달의 찬장을 열고
맑게 씻은
접시 하나 꺼낸다

오늘 저녁엔 내어줄 게
아무것도 없구나
여기 이 희고 둥근 것이나 핥아보렴

산다는 것은 어쩌면 온종일 부산하게 떠돌아다니다가 종내는 정신의
허기도 채우지 못하고 빈손으로 돌아온 저녁 한때 느끼는 비의悲意
같은 게 아닐까. 더러는 명예에 목숨도 걸어보고 더러는 돈에 목숨도
걸어보지만 결국 비린내만 가득한 궁기를 안고 돌아와야 하는 삶. 숙
연해진다. 오늘을 살아가는 나의 자화상은 아닐는지.

성묘

이사라

공원묘지 가는 길에 구절초 한 세상
살아서 만나본 적 없는 사람들이
둥근 세상을 먼저 만들고
우리에게는 봉분을 건네주는데
손으로는 받아서는 안 될 것 같은
따뜻한 햇살 한 줄기 흘러들어
나를 키우네
누군지 모르는 그를 사랑하라거나
이름뿐인 그대를 섬기라는 눈빛도 아닌데
가다 말고 돌아보는 저 세상에서의 속삭임을
나는 듣네
공원묘지 가는 길에 구절초 같은
생각 한 세상
살아서도 만날 것만 같은 둥근 세상
가을볕을 함께 걷네

때로는 백 마디의 말보다 단 한 번의 만남이 사는 일들에 전기가 될 때가 있다. 죽은 이들이 묻힌 봉분은 말이 없고 둥근 봉분을 쳐다보며 둥글어지는 산 사람의 마음. "구절초 같은 생각"의 "한세상"이다. "가다 말고 돌아보는 저세상에서의 속삭임" 야트막한 봉분을 통해 산 사람들의 마음이 "가을볕에 함께" 익어 둥글어졌다는 것일까. 무덤도 사라지는 시대다.

풍문

김명리

당신이 그곳으로 떠났다는 이야기를
풍문으로 들었어요
풍문 속에는 치자꽃 향기
점점이 연분홍으로 떠 있고
듣는 것만으로도
어지러이 취한 듯 달아오르며
저는 벌써 당신이 도착할 그곳의
적막한 밤불처럼 드리워지기 시작하는 것이에요
당신이 닿으려고 하는 그 자리
당신이 이미 가버리고 없을지도 모르는
그곳을 향하여 뻗어가는
제 마음의 날개 돋친 말발굽 소리 들리지요
난절亂絶의 빗소리 앞장세우면
당신보다 한사나흘 앞질러
제가 먼저 그곳에 당도해 있을지도 모르는 일!

화자가 가서 닿고자 하는 그곳은 어디일까? 아마도 그곳은 치자꽃 향기가 점점이 연분홍빛으로 물들고 나의 당신이 먼저 가서 닿아 있는 곳일 텐데. 그곳에는 슬픔도 미움도 존재하지 않은 낙원이 아닐까 싶다. 인간은 누구나 고양된 목적을 추구하면서 산다. 그러나 누구나 그 지향하는 이상적 세계에 도달하는 것은 아니다. 이 시의 화자는 그러기에 더욱 그 세계에 닿기를 열망한다. 인간이 인간일 수 있게 하는 이유가 바로 이 이상의 세계로 가기 위한 끊임없는 노력에 있는지도 모르겠다.

처음 보는 저녁

박형준

이 세상에 처음 해보는 것이 많겠지만
막 걸음마를 뗀 아이의 발걸음이
처음 해보는 것이 꽃 앞에 서 있는 것이었습니다
아이가 눈을 감은 채
물방울에 손을 집어넣고
꽃 속에 저무는 발걸음과 만나는 것이 처음 해보는 것이었
습니다
꽃에 스치는 물방울도 길이 되는 일이었습니다
온 마음들이 비치는 물방울이
바다처럼 맺혀서 보는 이도
이 세상에 나서 처음 보는 것 같은 저녁인 것이었습니다
저도 그렇게 눈을 감는 일이었습니다
가만히 가만히
꽃 앞에 무릎을 꿇고 있는, 처음인 저녁인 것이었습니다

'꽃 앞에 무릎을 꿇고, 처음인 저녁에게 가만히 눈을 감아보는 일'은 내가 가진 것들을 가만히 내려놓고 비워본다는 것이다. 크게 비우면 크게 얻는다는 역설이다. 우리들이 사는 삶이란 하나 위에 또 하나의 욕심을 덧보태는 일. 하나의 짐 위에 또 하나의 짐들을 자꾸만 쌓아서 지고 가는 일. 뛸리 뛸리. 도약의 발길은 멈추지 않고 자꾸만 휘젓는 허공에서의 빈 손짓도 잦아지고 아침에 눈을 뜨면 "꽃에 스치는 물방울도 길이 되는 일"이 있었으면 좋겠다.

국화꽃 그늘을 빌려

장석남

국화꽃 그늘을 빌려
살다 갔구나 가을은
젖은 눈으로 며칠을 살다가
갔구나

국화꽃 무늬로 언
첫 살얼음

또한 그러한 삶들
있거늘

눈썹달이거나 혹은
그 뒤에 숨긴 내
어여쁜 애인들이거나

모든
너나 나나의
마음 그늘을 빌려서 잠시
살다가 가는 것들
있거늘

'나의 나는 내가 아니고 너의 너는 네가 아니다'라는 말. 세상의 모든 '색色은 공空하다'라는 말에 귀착된다. "국화꽃 그늘을 빌려 살다"가 가는 생. "너나 나나의 마음 그 그늘을 빌려서 잠시 살다가 가는" 생에는 색色이 없다. 색色이 없으니 공空하고 색色은 공空에서 나고 다시 공空으로 간다.

겨울산

황지우

너도 견디고 있구나

어차피 우리도 이 세상에 세들어 살고 있으므로
고통은 말하자면 월세 같은 것인데
사실은 이 세상에 기회주의자들이 더 많이 괴로워하지
사색이 많으니까

빨리 집으로 가야겠다

이 시 겨울산은 이리저리 탐욕의 궁리가 많아서 괴로움으로 들뜬 자
들에게 화자가 주는 사자후 같은 일갈이다. 천천히 이 시를 읽고 있노
라면 조선 후기, 어지러운 세상을 풍자한 정약용 선생님의 「해랑행海
狼行」이란 시 한 편이 생각난다. 그의 시에 의하면 솔피(범고래)나 도
적이나 반인륜적인 무리임엔 매일반인데, 집단 난투극으로 서로 죽고
자빠지는 무리들의 모습을 질타한 선생의 날카로운 목소리를 시의 화
자를 통해서 다시 듣는 듯하다. 역사는 흐르고 시절은 평등과 인간 존
엄의 가치가 난무한 오늘인데, 사색이 많은 기회주의자들은 오늘도
높은 두엄 위에서 노니노니 역사의 발전과 나 존엄의 가치는 허방한
말 속에 있지 않음을 알겠다.

반성 743

김영승

키 작은 선풍기 그 건반 같은 하얀 스위치를
나는 그냥 발로 눌러 끈다

그러다 보니 어느 날 문득
선풍기의 자존심을 무척 상하게 하고 있구나
하는 생각이 들었다

정말로 나는 선풍기한테 미안했고
괴로웠다

  ─너무나 착한 짐승의 앞이빨같은
   무릎 위에 놓인 가지런한 손 같은

형이 사다준
예쁜 소녀 같은 선풍기가
고개를 수그리고 있다

어린이 동화극에 나오는 착한 소녀 인형처럼 초점이 없는
눈으로
'아저씨 왜그래요' '더우세요'

눈물겹도록 착하게 얘기하고 있는 것 같았다

무얼 도와줄 게 있다고 왼쪽엔
타임머까지 달고
좌우로 고개를 흔들 준비를 하고 있었다

이 더운 여름
반 지하의 내 방
그 잠수함을 움직이는 스크류는
선풍기

신축교회 현장 그 공사판에서 그 머리 기름 바른 목사는
우리들 코에다 대고
까만 구두코로 이것저것 가리키며
지시하고 있었다

선풍기를 발로 끄지 말자
공손하게 엎드려 두 손으로 끄자

인간이 만든 것은 인간을 닮았다
핵무기도 십자가도
콘돔도

이 비 오는 밤
열심히 공갈빵을 굽는 아저씨의

그 공갈빵 기계도.

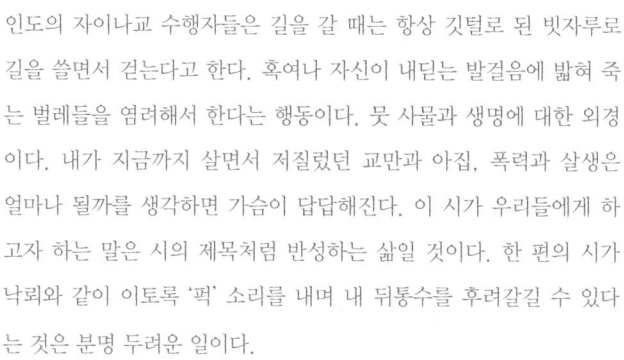

인도의 자이나교 수행자들은 길을 갈 때는 항상 깃털로 된 빗자루로
길을 쓸면서 걷는다고 한다. 혹여나 자신이 내딛는 발걸음에 밟혀 죽
는 벌레들을 염려해서 한다는 행동이다. 뭇 사물과 생명에 대한 외경
이다. 내가 지금까지 살면서 저질렀던 교만과 아집, 폭력과 살생은
얼마나 될까를 생각하면 가슴이 답답해진다. 이 시가 우리들에게 하
고자 하는 말은 시의 제목처럼 반성하는 삶일 것이다. 한 편의 시가
낙뢰와 같이 이토록 '퍽' 소리를 내며 내 뒤통수를 후려갈길 수 있다
는 것은 분명 두려운 일이다.

오래된 사원 1

김명인

사원을 지키던 수도승들은 이미 돌아갔다

무료와 허기에 기댄

이런 출분은 애초 내 뜻이 아니었다, 마음이

풍경을 얻어 스스로의 완성으로 나아간

흔적을 언제 발견했던가

부두 근처 열 병합 발전소 굴뚝이

하루의 노역을 바다 쪽에서 육지 쪽으로 옮겨놓는 시간

창밖으로 보면 만곡을 휘어 앉힌 건너편 반도가

수평선 위로 솟아

저녁으로 내다 걸리는 노을은 아름다웠다, 그러나 한 폭

담채화에 담겨 혼자 먹는 식사 끝

더한 공복 참아내려고

모래밥 씹을 때, 눈물 솟구쳐

생각거니 왜 나는 불혹도 지나

저 세미한 연기의 변화에나 집착하는지

날새들 떠다밀고 사라지는 황혼 저켠으로

축축이 젖어오며 별들, 한 등 두 등

사원 추녀 끝으로 번져갈 때

늙어버린 세상

속의 고요함이여, 혼자 고립된 내 방은

이런 일몰로부터 더욱 먼 곳으로
날마다 저를 떠메고 떠났어야 하리라
저 적조와 적막에도 길들여 유폐의 시절
깊었다는 것을 사원은
몸은 새삼 기록이나 할까

불혹도 지나 저녁 황혼녘에서 창문 밖에 바라다보이는 풍경은 화자가
살아온 세월의 깊이만큼이나 진한 농담의 색채를 가졌으리라. 그것은
파도가 철썩거리며 밀려왔다가 밀려가는 황혼의 적막함에 묻어 있는
침묵 같은 것. 파노라마처럼 펼쳐지며 흘러갔던 지난 세월에 대한 기
억과 연민이 묵상 같은 것으로 깊이 가라앉는 일이다. "적막에도 길
들여"져 수도승들도 돌아간 텅 빈 사원의 공허를 제 가슴에 흔적으로
기록하는 일. 불혹이 되면 누구나 한 번쯤 생각해볼 일이다.

코끼리 타고 부곡 하와이

유홍준

인도 코끼리 귀는 인도 지도를 닮았고
아프리카 코끼리 귀는 아프리카 지도를 닮았다네

너풀너풀 부채질이라도 하고 싶은 여름
우리나라에도 코끼리가 있다면 나는 코끼리 타고 무주구천
동엘 갔겠지 부곡 하와이엘 갔겠지

하늘색 벽화가 그려진
놀이공원 축대 밑 인공정원 그늘 속에서 잊어버릴까 잊어
버릴까 자꾸자꾸 제 새끼의 냄새를 맡는 코끼리

토란잎처럼 커다란 귀때기로 펄럭펄럭
하나마나한 부채질을 해 주는 코끼리

우리나라에도 코끼리가 있었다면
나는 코끼리 타고 도산서원엘 갔겠네 슬리퍼 신고 반바지
입고 해인사엘 갔겠네

그동안 유홍준 시인의 시에서 보아왔던 사실적 묘사들의 시로부터 다소 비켜선 듯한 시의 세계다. 본성을 찾아 수행하는 단계를 동자童子나 스님이 소를 타고 가는 것에 비유해서 묘사한 불교의 선종화禪宗畵를 연상하게 한다. 불교에서 코끼리는 지혜와 덕망을 상징하고 곧 탄생을 의미하기도 한다. 지금 놓인 환경과 인연의 사슬로부터 자유로워져서 세상을 두루 주유하며 지혜를 밝혀보고자 하는 화자의 간절한 염원은 아닐는지 그 마음의 넉넉함이 한없이 부러워지는 밤이다.

겨울에도 피는 꽃,

마흔

안녕, 여름 사랑아

이진우

이 여름 바다에 가서는
깨끗이 사랑 버리고 오리
그대 마음의 해변에서 서성이지 않고
멀수록 좋은 바위틈에 앉아
지난 추억의 석양을 바라보며
끈적한 우리 사랑 잊으리
또박또박 적어 보낸 사연들을 씻어 버리고
발 하나쯤 잘라 파도에 던져 버리며
과즙이 배어나는 새콤했던 시간마저
입 큰 말미잘 모이로 주고 오리
몸 속으로 파고 들던 그대의 기억 모두
아이들 쌓는 견고한 모래성에
가두어 두고 오리
그래도 남는 그대 있으면
수평선 그늘에 꼭꼭 묻어 두고 오리
입가에 남은 그대의 핏자국은
루즈로 숨기고 살금 돌아오리

버린다는 것은 또 다른 하나의 가능성을 내 안에 심는 일이다. 버린다
는 것은 망각과는 다르게 자기 자신을 돌아보는 성찰을 바탕으로 출
발하지 않으면 결코 행할 수 없는 일이다. 우리가 하는 모든 일들의
배후에는 나와 또 다른 어떤 대상과의 관계가 전제되어 있어서 만남
과 이별을 반복하면서 산다. 나와 맺었던 인연으로부터 벗어나 또 다
른 세계를 만들어간다는 것은 용기고 모험이다. 내일은 오늘과 다르
다는 사실이 있어서 오늘은 잠시 어긋나도 견디고 사는 것은 아닐까.

인동忍冬잎

김춘수

눈 속에서 초겨울의
붉은 열매가 익고 있다
서울 근교近郊에서는 보지 못한
꽁지가 하얀 작은 새가
그것을 쪼아 먹고 있다
월동越冬하는 인동忍冬잎 빛깔이
이루지 못한 인간人間의 꿈보다
더욱 슬프다

겨울을 견디는 생명의 힘은 위대하다. 초겨울 붉은 열매와 배경이 된
눈의 색채적 대비가 선명하다. 꿈을 이루지 못한 인간의 꿈보다 월동
하는 인동잎에 대한 연민. 세상의 그 흔한 욕망의 드잡이를 비켜서서
혹독한 시련을 견뎌가고 있는 인동잎이 오늘 우리가 살아가는 모습은
아닐까.

너에게 묻는다

안도현

연탄재 함부로 발로 차지 마라
너는
누구에게 한 번이라도 뜨거운 사람이었느냐

이 시를 읽고 누군들 "한 번이라도 뜨거운 사람이" 되리란 마음을 품지 않겠는가. 이렇게 뜨거워진 마음들에 사족을 단다는 것은 온정한 발심 가운데 누더기를 걸치는 일이라 조심스럽다. 그러나 서른을 지나 마흔. 산다는 것은 늪 속에 발을 들여놓은 것처럼 한 발 위에 한 발을 포개어도 자꾸만 가라앉아서 궁창을 헤매듯 휘청거리며 지나온 길이었다. 앞만 보면서 왔던 그 길에서 누구나 할 것 없이 마음이 가난해져서 노을을 바라보듯 자신을 바라보면 나는 "누구에게 한 번이라도 뜨거운 사람이었느냐" 묻게 된다. 궁창의 세상을 벗어나 더 늦기 전에 인간의 마을에서 연탄처럼 따뜻한 인간으로 살고 싶다.

구멍 있는 것들

최서림

살아 있는 모든 것들에는
구멍이 있다.

바위의 구멍은
바위의 마음으로 가는 길이다.

바람 속에도 구멍이 나 있어
호흡이 드나드는 길이 있다.

물속에도 무수한 구멍이 뚫려 있어
목숨이 흘러가는 길이 보인다.

구멍 있는 것들은 스스로
아프지 않게 쪼개어질 줄 아는 지혜가 있다.

구멍 있는 모든 것들은
구멍 없는 것들을 참지 못한다.

목숨이 붙어 있지 않은 비닐과 콘크리트를 붙잡고
바람과 물이 부르르 떨고 있다.

목숨 걸고 구멍을 내고 있다.

소통 없이 우리는 단 하루도 살 수 없다. 세상과 소통하는 방법은 다양하다. 이 시인이 소통하는 방법은 구멍이고 구멍은 생명이 발아하는 창이고 세계라고 말한다. 비닐과 콘크리트로 비유되는 현대적 삶의 밀폐성이 얼마나 심각한가를 말하기 위함이리라. 소통의 부재로 인해 일어나는 불행하고 쓸쓸한 일들이 이 세상에는 너무도 많다.

갈대로 사는 법

최문자

그와의
이별은 가벼움으로 격해지는 것
비밀을 묻을 데 없어
가릴 것 없는 갈대로 사는 것
고요에도 뼈가 있다면
뼈처럼 사는 것

그해
습지 모퉁이에서 피를 다 쏟았다
꿇을까봐 아예 무릎을 없앴다
더 줄일 수 없는
가느다란 비밀만 남겼다
가끔
이별할 듯한 연인들이 찾아와 허옇게 피를 말리고 갈 때
아홉 번쯤 일어나 이빨 없는 치를 떨었다
갈대 속에서 세상이 흔들렸다

이별 뒤에 남는 것이 사랑이다. 역설이다. 수많은 밤을 뒤척이면서 고통과 좌절을 통해 알아가는 것도 사랑이다. 이 또한 역설이다. 이별은 "습지 모퉁이에서 피를 다 쏟"을 만큼 처절하고 "아홉 번쯤 일어나 이빨 없이 치를 떨" 만큼 아프고 고통스러운 일이다. 이별의 아픔은 또한 "무릎을 꿇을까 봐 아예 무릎"까지도 없애야겠다는 다짐을 하게도 한다. "갈대 속에서 세상이 흔들"리는 일이다. 그러나 이별이 없이 어떻게 사랑을 알 것이며, 고통이 없이 어떻게 아름다움을 알까. 바닥에서 처절하게 흔들려 본 사람만이 고요한 정적의 평화로움도 안다.

겨울강

박남철

겨울강에 나아가
허옇게 얼어붙은 강물 위에
돌 하나를 던져본다
쩡 쩡 쩡 쩡 쩡

강물은
쩡, 쩡, 쩡,
돌을 튕기며, 쩡,
지가 무슨 바닥이나 된다는 듯이
쩡, 쩡, 쩡, 쩡, 쩡

강물은, 쩡,

언젠가는 녹아 흐를 것들아, 쩡
봄이 오면 녹아 흐를 것들아, 쩡, 쩡,
아예 되기도 전에 다 녹아 흘러버릴 것들이
쩡, 쩡, 쩡, 쩡, 쩡

겨울 강가에 나아가
허옇게 얼어붙은 강물 위에

얼어붙은 눈물을 핥으며
수도 없이 돌들을 던져본다
이 추운 계절 다 지나서야 비로서 제
바닥에 닿을 돌들을,
쩡 쩡 쩡 쩡 쩡 쩡 쩡

바닥이란 종내 우리가 가서 닿아야 하는 공간이다. 바닥의 모습은 맨
얼굴이고 날 것들의 바탕이다. 돌은 아래로 끊임없이 항진하는 대상
이다. "허옇게 얼어붙은 강물 위에" "얼어붙은 눈물을 핥으며" 돌을
자꾸만 붙잡는 것들은 "봄이 오면 녹아 흐를 것들"인 얼음이다. 언젠
가 녹아 흐를 것들에게 "쩡" 내 안의 바닥을 향해 또 한 번 "쩡". 결국
바닥은 우리들이 딛고 다시 일어서야 하는 공간이자 삶의 바탕이다.

밀밭에서, 테오에게

박진성

저물면서 밀밭은 까마귀를 품는다

지평선의 지루한 경계를 넘나드는 까마귀,

테오야, 소용돌이치는 저녁하늘을 관통하는 새들은

머리나 심장에 부딪칠 것만 같다

나는 캔버스, 네가 보내 준 50프랑으로 물감들을 샀단다

나는 캔버스, 밀밭은

구할 수 없는 많은 빛으로 출렁인단다

몇 프랑의 물감으로도 만질 수 없는 저 경계를

우리는 무어라 불러야하나

내가 바라보는 오베르의 평원은

새들을 자유롭게 날게 하지만

캔버스에 자꾸만 까마귀가 달라붙는다

가지마라 가지마라

밀밭에서 솟아올라

캔버스 밖으로 쏟아지는 새떼를 따라가려 한단다

저녁 하늘이 강물처럼 밀려오면

밀꽃이 피워내는 예쁜 상처도

까마귀의 탄알 같은 날갯짓도

내 몸 속에서나 꿈틀대겠지

밀밭의 수런거림은 내 오른쪽 귀를 통과해서

갈가마귀의 노래로 태어나겠지
소용돌이치는 밀밭을 네게 준다,
통째로 받아라, 내 몸이다, 테오야……

구할 수 없는 것이 어찌 밀밭의 출렁이는 빛뿐이랴. 붉게 물든 저녁
하늘을 가로질러 아스라이 사라지는 새들의 흔적도, 지평선 너머 까
무룩히 저물어가던 저녁 빛도 우리가 다 가질 수 없는 것들이다. 이
렇듯 우리는 우리가 이 세상에서 가질 수 있는 것들보다 가질 수 없는
것들이 너무 많다는 평범한 사실도 잊고 살 때가 많다. 색감으로 있는
것. 촉감으로 있는 것. 냄새로 있는 것. 무량한 것들에 대한 앎의 시
작과 가질 수 없다는 한계의 앎은 한없이 우리를 겸손하게 한다. 나는
언제 한번 무엇에겐가 내 온몸을 던져 사랑했던 적이 있었던가. 그 대
상이 너이었든 그들이었든, 온몸을 던져 어떤 것을 사랑할 수 있다면
비로소 그는 인간이 되리라.

한계령을 위한 연가 戀歌

문정희

한겨울 못 잊을 사람하고
한계령쯤을 넘다가
뜻밖의 폭설을 만나고 싶다.
뉴스는 다투어 수십 년 만의 풍요를 알리고
자동차들은 뒤뚱거리며
제 구멍들을 찾아가느라 법석이지만
한계령의 한계에 못 이긴 척 기꺼이 묶였으면.

오오, 눈부신 고립
사방이 온통 흰 것뿐인 동화의 나라에
발이 아니라 운명이 묶였으면.

이윽고 날이 어두워지면 풍요는
조금씩 공포로 변하고, 현실은
두려움의 색채를 드리우기 시작하지만
헬리콥터가 나타났을 때에도
나는 결코 손을 흔들지는 않으리.
헬리콥터가 눈 속에 갇힌 야생조들과
짐승들을 위해 골고루 먹이를 뿌릴 때에도…….

시퍼렇게 살아 있는 젊은 심장을 향해
까아만 포탄을 뿌려 대던 헬리콥터들이
고란이나 꿩들의 일용할 양식을 위해
자비롭게 골고루 먹이를 뿌릴 때에도
나는 결코 옷자락을 보이지 않으리.

아름다운 한계령에 기꺼이 묶여
난생 처음 짧은 축복에 몸 둘 바를 모르리.

"아름다운 한계령에 기꺼이 묶여" 고립을 꿈꾼다는 것은 비로소 내
안의 나와 만나서 자신의 마음에서 들려오는 목소리에 조용히 귀를
기울이고 싶다는 것이다. 그동안 수많은 관계들로부터 잃어버렸던 자
신을 쉬게 하고 지나왔던 모든 일들에 대해 생각이 깊어진다는 것이
다. 결국 혼자가 되고 마음속으로부터 길어 올려진 건강한 내면의 힘
으로 다시 세상과 만날 수만 있다면 한계령 깊은 골짜기에서 한 석 달
열흘쯤 세상의 모든 일을 잊어버려도 좋겠네.

격포

송재학

격포에 간다는 것은
사소한 나만의 일몰을 가진다는 것!
머리통만한 물거품과 폭설이
서쪽 바다를 죄다 세로로 앞장세웠다가
가로로 눕히곤 한다
나에 속한 죄를 끄집어내어
바다에 헹구어본다
아귀가 맞지 않는 날의
오물이 자주 막히는 몸이 싫다
구석바다에 쪼그려 울어보기도 한다
갈라터진 마음마저 염전으로 맡기고픈
격포에선
무엇이든 다 눈동자가 있어
그리 많은 눈이 내리는가 보다
무엇도 용서할 수 없었던 내가
아무에게도 용서받지 못한다는 시선을
받아들였던 격포
아직 날은 어둡지 않은데
벌써 눈뜨는 불빛은 무어냐
거기 옹이처럼 박히자

일몰은 낮이 저물고 또 하나의 세상이 새롭게 태어나는 시간이다. 또 하나의 세상을 갖고 싶어 채석강 너른 바위 위에 들끓는 번민의 덩어리를 널어놓고 "나에 속한 죄를 끄집어내어/바다에 헹구"는 행위를 통해 화자가 "용서"를 받았던 격포 바다. 살면서 어떤 대상이 되었던 자신의 갈등을 풀어놓고 화해를 모색한다는 일은 매우 중요하다. 자기반성과 모색을 도모했던 화자가 격포 바다에 옹이처럼 박혀 또 다른 하나의 불빛을 보는 것처럼 갈등과의 화해란 이토록 앞으로 살아갈 날에 주어지는 희망이 되기도 한다. 오늘 마음이 무거운 사람은 내일 격포 바다로 떠나보자.

모든 순간이 꽃봉오리인 것을

정현종

나는 가끔 후회한다
그 때 그 일이
노다지였을지도 모르는데……
그때 그 사람이
그때 그 물건이
노다지였을지도 모르는데……
더 열심히 파고들고
더 열심히 말을 걸고
더 열심히 귀 기울이고
더 열심히 사랑할 걸……

반벙어리처럼
귀머거리처럼
보내지는 않았는가
우두커니처럼……
더 열심히 그 순간을
사랑할 것을……

모든 순간이 다아
꽃봉오리인 것을

내 열심에 따라 피어날

꽃봉오리인 것을!

세상의 일이란 꼭 지나고 나면 후회를 한다. 그때 그와의 만남이, 사랑이, 그 일이 내 인생에 가장 소중한 한 순간이었나, 어쩌면 다시는 내 인생에서 그와의 만남이, 사랑이, 그 일들이 오지 않으리란 불안감이 들면서 후회한다. 어디 그뿐이랴. 그때 조금만 더 노력을 했더라면, 그때 조금만 더 열심히 공부를 했더라면, 그때 조금만 더 열심히 버텼더라면……. 사는 모습에 따라 그 후회의 종류도 다양하리라. 이렇게 후회하는 일들이 많아질수록 세월은 가고 나이는 먹어간다. 지금 이 순간에 닥친 이 일이 내 인생에서 완성할 수 있는 최고의 일이고 꽃봉오리라는 각오로 살아볼 일이다.

5

행복이
어설픈 마흔에게

냄새

허순위

학교 낀 긴 골목 지나다가 맡았다
아이들 스칠 때 무슨 나무냄새 났다
선선하고 풋풋한 그게 무슨 나무일까
느낌을 따라가다가 알았다
아이들이 아이들하고
아이들이 선생님들 하고
온몸으로 비비며 묻힌 나무냄새 잎냄새였다
아이들은 하나같이 아카시아거나 탱자 유자
간혹 냄새 없는 나무냄새를 뿜으며 스쳐지나갔다

세상도 누가 누구와 비빈 냄새로 빽빽했다
집에서 비빈 냄새
직장에서 비빈 냄새

나와 비빈 냄새 열 명 남아 있으면 행복하다
다섯 명 남아 있으면 행복하다
세 명 남아 있으면 행복하다
한 명 남아 있으면 행복하다

감각으로 남은 기억은 오래간다. 그것은 우리의 본능에 닿아서 의식을 자극하기 때문이다. 나와 비빈 냄새로 세상에 한 명만 남아 있어도 행복하겠다는 화자의 노래가 갑자기 내 콧등을 시큰하게 만드는 것은 내게도 과연 그 한 명이 남아 있을까 싶은 의문 때문이다. 나 아닌 다른 어떤 것에게 내가 체화되어 기억으로 남는다는 것이 이토록 어렵다는 것을 이 시를 통해 느낄 때 내가 살아온 삶의 과정을 다시 한 번 생각해보게 된다. 행복은 멀리 있는 것이 아닌데, 지금 내 가까이 사랑하는 사람, 가족, 친구들의 얼굴을 한 번 쳐다봐도 좋을 일이다.

시내버스를 타고 가는 김종삼

심종록

시내버스를 타고 가는 김종삼 시인을 만났습니다 반갑다고
어딜 가시느냐고 요즘도 흔들리는 버스 속에서 가끔 자작
시를 읽느냐고 여쭈어 보았더니 그리운 안니 로리만 부르
시고 계셨습니다 언젠가는 버스를 타고 가면서 당신의 시
를 읽는 아주머니를 뵌 적이 있다고 말씀드렸더니 그때서
야 뒤돌아보시면서 노망든 늙은이 아니었느냐고 아직도 자
기를 쫓아다니는 철없는 처녀를 알고 계신다고 말합니다
행복하시겠다는 내 말을 귓밖으로 흘리며 고개를 창밖으로
돌리는데 버스는 아직도 제자리걸음이고 손잡이 끝에 매달
린 북치는 소년의 어깨너머로 하나 둘 내리는 눈발

아름다운 시다. 설경을 담은 한 폭의 그림을 보듯이 잔상이 오래도록 남는 시다. 김종삼 시인의 삶이야 워낙 동화 같은 아름다운 삶이었다고 하지만 김종삼을 추억하는 시인의 따뜻한 시선도 아름답기는 매일반이다. 세상에는 아직도 아름다움을 숭배하는 바보들이 있다. 이 시의 화자가 그중의 한 사람이다. 버스를 타고 "손잡이 끝에 매달린 북치는 소년의 어깨너머로 하나 둘 내리는 눈발"을 바라보면서 화자는 무슨 생각을 했을까. 세상에 따뜻한 집 한 채 갖지 못하고 그리운 안니 로리만 부르다가 세상을 떠난 김종삼 시인처럼 화자도 버스를 타고 그리운 안니 로리만 부르다가 세상을 떠날 생각을 하고 있는 것은 아닐까. 이 아름다운 풍경은 오래 기억되어도 좋겠다.

묵화 墨畵

김종삼

물먹는 소 목덜미에
할머니 손이 얹혀졌다.
이 하루도
함께 지났다고,
서로 발잔등이 부었다고,
서로 적막하다고,

외롭고 힘이 들 때는 백 마디 말보다 가만히 아픔을 도닥거려주는 따
뜻한 손바닥의 온기가 힘이 될 때가 있다. 외롭고 고단한 처지를 함께
지났다고 위로하며 하루를 마치는 풍경이 평화롭다. 할머니도 소도
이 시를 읽는 나도 오늘 밤은 외롭지 않겠다.

밝은 날

이시영

지구의 한 끝에서 한 끝으로
참새 한 마리가 포르르 내려와 앉는다

작은 눈을 들어 사방을 불안스레 돌아보는 것이
어디서 많이 본 듯한 영혼이다

지구라는 천국에 날아온 걸 환영한다. 참새야. 어느 별, 어느 하늘을
혼자서 힘겹게 헤매다가 이렇게 늦게 지구에 도착한 네가 안타깝구나.
지치고 병든 네 날개를 접고 저 푸른 초원, 저 맑은 햇볕 아래로 흘러
가는 향기로운 바람과 물소리를 들어 보거라. 여기는 전쟁과 죽음, 불
안과 공포, 고문과 거짓, 편견과 멸시 따위가 없는 천국, 푸르고 아름
다운 지구란다. 이곳에서의 삶은 수많은 바다와 강에서 끊임없이 쏟
아 오르는 세례수가 늘 새로운 생명의 기운으로 가득 채워 주는 곳,
불안도 음모도 없는 유일의 낙원. 지구라는 천국에 날아온 걸 환영한
다. 참새야.
후- 몽상인가.

점촌역

엄재국

가야 할 곳이 있다.

철로를 달렸던 건 기차와 석탄이 아니라
숨가쁘게 살아 온 사람들이었던
과일 가득담은 가방의 자크를 연신 열고 닫아 보듯
마음 설레던 점촌역

멀리 남으로 북으로 떠났던, 또 거기서 몰려왔던 사람들
누군가의 청춘이, 일생이 쓰러지고 일어서던
기차는,
뒤돌아 볼 수 없어 쉬었다 간다
두 눈 속에 석탄 빛 불꽃이 일었던
가슴속 광부여 농부여,
상처받았지만 병들지 않아
떠나는 자가 입술 깨무는 곳

먼 데를 떠돌던 기차여

지금은, 영강 마주 안고
돈달산 어깨위에 동이 틀 무렵

기적 울지 않아도 네가 온 줄 알겠다

네 환한 이마가 우리의 꿈인줄 알겠다

벌써 20여 년의 시간이 지난 일이다. 작은 몸살을 앓다가 나는 중앙산
업재해병원을 간 적이 있었다. 진료를 마치고 약을 타려고 기다리고
있는데 투약구 앞에서 허리가 반쯤 접힌 채 어렵게 걸음을 걷고 있는
군대 후임을 만난 적이 있었다. 뜻밖의 만남이기도 했거니와 그의 병
색이 예사롭지 않은 모습에 나는 크게 놀랐다. 그는 강원도 사북 탄광
에서 일한다고 했다. 잘살아 보리라던 꿈도 잠시 진폐증 진단을 받고
치료를 받고 있다는 것이었다. 나는 순간 망치로 뒤통수라도 맞은 것
처럼 할 말을 잃고 멍하니 그의 가쁜 숨소리만 듣고 있었다. 성실하고
참 착한 아이였는데……. 이후 나는 오늘 하루를 산다는 것은 막장으
로 하루를 산다는 생각을 가끔 할 때가 있다. 자신의 꿈을 위해, 혹은
가족의 생계를 위해, 아버지로, 아들로, 남편으로 절박한 막장을 살아
내어야 했던 청춘, 우리들의 아버지, 남편, 혹은 형들. "청춘이, 일생이
쓰러지고 일어서던" 점촌역. 그 석탄 빛 대합실은 오늘도 무사하신지.

내가 만난 사람은 모두 아름다웠다

이기철

잎 넓은 저녁으로 가기 위해서는

이웃들이 더 따뜻해져야 한다

초승달을 데리고 온 밤이 우체부처럼

대문을 두드리는 소리를 듣기 위해서는

채소처럼 푸른 손으로 하루를 씻어놓아야 한다

이 세상에 살고 싶어서 별을 쳐다보고

이 세상에 살고 싶어서 별 같은 약속도 한다

이슬 속으로 어둠이 걸어 들어갈 때

하루는 또 한번의 작별이 된다

꽃송이가 뚝뚝 떨어지며 완성하는 이별

그런 이별은 숭고하다

사람들의 이별도 저러할 때

하루는 들판처럼 부유하고

한 해는 강물처럼 넉넉하다

내가 읽은 책은 모두 아름다웠다

내가 만난 사람은 모두 아름다웠다

나는 낙화만큼 희고 깨끗한 발로

하루를 건너가고 싶다

떨어져서도 향기로운 꽃잎의 말로

내 아는 사람에게

상추잎 같은 편지를 보내고 싶다

지상에서 한철 살아가는 우리도 이토록 아름다웠으면 좋겠다. 고통과 시련도 알고 보면 결국 자신이 짓는 일의 결과가 아닐까. 내가 움켜쥐고 있던 주먹을 펴면, 내가 닫았던 마음의 빗장을 열면, 내가 하는 생각의 집 속의 생각들이 모두 아름다움만 생각한다면 "떨어져서도 향기로운 꽃잎의 말로/내 아는 사람에게/상추잎 같은 편지를" 쓸 수도 있으리라.

올해도 과꽃이 피었습니다

유형진

과꽃의 씨방에 사는 한 사람을 압니다 그는 분홍과꽃의 말
라비틀어진 씨방에 삽니다 그의 등은 호미처럼 굽었고 손
등은 딱정벌레의 껍질처럼 딱딱합니다 그의 등과 손등이
언제부터 그렇게 굽고 딱딱해졌는지 모릅니다 과꽃 잎사
귀에 이슬이 내릴 때 그는 꽃잎을 타고 일터로 갑니다 그
의 일터는 프라모델 탱크를 만드는 공장입니다 그는 탱크
의 바퀴를 만드는 일을 합니다 그가 만든 탱크 바퀴는 과
꽃을 닮았습니다 그는 탱크 바퀴의 전문가입니다 그가 만
든 탱크 바퀴는 진흙탕도 달릴 수 있습니다 비탈언덕도 쉽
게 오를 수 있습니다 과꽃의 씨방에 사는 그는 과꽃을 타고
출근해서 과꽃 같은 탱크 바퀴를 만듭니다 톱니가 있고, 굴
러가고, 아이들이 좋아하고, 쉽게 잊혀지고, 잊은 후에는
다시 떠오르지 않는 탱크의 바퀴를 만듭니다 아이들이 그
가 만든 탱크를 가지고 꽃밭에서 놉니다 바퀴에 꽃잎이 깔
립니다 꽃들이 지고 꽃 진 자리에 다시 꽃이 핍니다 과꽃의
씨방에 사는 한 사람은 등이 호미처럼 굽었고 손등은 딱정
벌레처럼 딱딱합니다 올해도 과꽃이 피었습니다 꽃밭 가득
예쁘게 피었습니다

"과꽃의 씨방에 사는 한 사람"은 참으로 행복한 사내다. 비록 그의 손은 "호미처럼 굽었고 손등은 딱정벌레의 껍질처럼 딱딱"하지만 그가 만드는 탱크의 바퀴는 꿈을 실현하는 마력의 힘을 지녔다. 왜냐하면 그는 아이들에게도 그의 그녀에게도 오직 멋진 사나이이기 때문이다. 아침에 출근하고 저녁에 퇴근하는 가족들의 행복한 풍경이 눈에 보이는 듯하다. 이슬이 채 마르지도 않는 새벽길을 꽃잎을 타고 일터로 가는 그의 등 뒤에는 분명 아내와 아이들의 따뜻하고 부드러운 시선이 있을 것이다. 남편의 모습이 골목 끝 모퉁이를 돌아서 보이지 않을 때까지 손을 흔들고 있는 그의 아내의 아름다운 모습이 보인다. "꽃이 진 자리에 다시 꽃이 피고" "올해도 과꽃이 피고" "꽃밭 가득 예쁘게 핀" 그 사내의 정원은 아름다워라.

목계 장터

신경림

하늘은 날더러 구름이 되라 하고
땅은 날더러 바람이 되라 하네
청룡靑龍 흑룡黑龍 흩어져 비 개인 나루
잡초나 일깨우는 잔바람이 되라네
뱃길이라 서울 사흘 목계 나루에
아흐레 나흘 찾아 박가분 파는
가을볕도 서러운 방물장수 되라네
산은 날더러 들꽃이 되라 하고
강은 날더러 잔돌이 되라 하네
산서리 맵차거든 풀 속에 얼굴 묻고
물여울 모질거든 바위 뒤에 붙으라네
민물 새우 끓어 넘는 토방 툇마루
석삼년에 한 이레쯤 천치天痴로 변해
짐부리고 앉아 있는 떠돌이가 되라네
하늘은 날더러 바람이 되라 하고
산은 날더러 잔돌이 되라 하네

시인이 평생 추구했던 시의 가치가 민중의 삶과 유리되지 않고 함께 사는 일이었듯이 이 시에 나타난 화자의 떠돌이적 삶의 자세도 역시 하늘과 땅의 절대적 존재가 나에게 부여해준 삶의 의미로 굳어져 있다. 정체되어 썩지 않고 자신을 이타적인 삶의 반열로 들어서게 하는 일은 말처럼 쉽지가 않다. 현실과 이상의 삶은 언제나 갈등을 불러오기 때문이다. 그럼에도 불구하고 화자가 "석삼년에 한 이레쯤 천치天痴로 변"하면서까지 삶의 가치를 굽히지 않는 것은 "산서리 맵찬" 세상에 "민물 새우 끓어 넘는 토방 툇마루"의 온기 같은 사람이고자 함이 아닐런지. 지금 우리에게 요구하는 세상의 일이 무엇인지 곰곰이 고민해볼 일이다.

귀거래사

우대식

돌아온 듯 보이지만 돌아온 적이 없다. 돌아갈 것처럼 보이지만 돌아갈 곳이 없다. 이것이 나의 귀거래사다. 시간의 미래만이 나의 고향이다. 그곳에 설령 꽃이 피지 않고 마실 생수가 없더라도 그리워하리라. 낯선 어느 거리, 몽유의 회벽을 개어 바른 건물 앞에서 나는 헤매리라. 그 집 앞에 혹 박태기 보랏빛 꽃이 피어 있다면 입은 맞추겠지만 사랑하지는 않으리라. 술도 사양하겠다. 담요를 한 장 다오. 부끄러운 아랫도리를 감추고 바다로 향한 길 위에서 동백 아가씨 같은 절창의 노래나 부르겠다. 아주 오랜 옛 친구들이여, 푸른 하늘에 동백이 뚝뚝 지던 그때를 생각하며 코러스를 넣어다오. 허밍이어도 좋다. 내 노래에 대한 야유여도 좋다. 한 때 사랑했던 그대들의 목소리를 듣고 싶어 하는 나의 먼 미래를 탓하지 말아다오. 해일이 몰려오거나 폭설이 몰아치거나 그곳에 당도하면 노래 부르겠다. 푸르다 하얗다. 이것이 나의 귀거래사다.

지금, 이곳, 이때, 이 순간이 온 곳이고 또한 갈 곳이라면 이 귀거래사는 해탈의 허밍이다. 그러나 우리네 인생이 어찌 해탈만 바라보았겠느냐. "낯선 어느 거리" "몽유의 회벽을 개어 바른 건물 앞"을 서성거리거나 "부끄러운 아랫도리를 감추고" 허적허적 밤거리를 헤매기도 했던 삶이 아니더냐. 그래서 "동백 아가씨" 같은 노래를 불러도 좋은 것이다. 아주 오랜 옛 친구들의 목소리와 땀내가 스미고 녹아 있는 미래. 돌아갈 곳이 없어도 돌아가야 하고 돌아온 듯이 보이지만 돌아온 적이 없는 곳. 해일과 폭설이 몰아쳐도 가야 하는 곳. 그곳이 귀의처다.

나무 안에 잠든 명자씨

임희숙

입춘이 막 지났을 때
처음으로 명자씨 하고 이름을 불렀다
며칠 후 다시 명자씨 하고 불렀는데
그것은 마치 임신 5주쯤 된 배꼽에 대고
내 아이의 이름을 불렀던 것과 같았다
혹시 명자씨가 너무 깊이 잠든 것은 아닌가 불안했지만
여전히 명자씨는 대답하지 않았다
우수가 지났고 내 배가 화분처럼 불러 있었다
식구들은 상상임신이라고 나를 달랬다
다시 명자씨의 이름을 크게 불렀다
베란다에 봄볕이 삼십 분이나 더 앉았다 가도록 인기척이
없다니
때를 놓친 임신부처럼 불길해졌다
명자씨 명자씨
히스테릭한 목소리에 유리창이 찢어졌고
베란다에 머물렀던 햇살이 떠나가고 난 뒤
날카로운 삼월의 바람이 뒤따라 들어왔다
저를 찾으세요?
깜깜한 명자나무 뒤에서 여자 목소리가 들렸다
봄볕에는 보이지 않던 여자가

팔꿈치에 옆구리에 마릴린 몬로의 입술을 매달고
눈꼽을 떼며 서 있었다

봄이 왔다. 입춘이 지나고 봄이 왔는데 내 안의 또 다른 나, 명자씨는
감감 무소식이다. 나는 서둘러 겨우내 둘렀던 두꺼운 외투를 벗어버
리고 이 봄날을 만끽하고 싶다. 일상인으로의 나와 내 안의 또 다른
나인 명자씨. 삶의 바탕에선 언제나 이성적 나와 만난다. 아이들의
아빠, 엄마. 남편과 아내. 아침에 직장으로 출근하는 나. 동료의 동
료. 이웃의 이웃으로 존재하는 나와는 다른 또 하나의 나인 명자씨가
나의 진짜 나가 아닐까 생각될 때가 있다. 이 명자씨로의 나는 마릴린
먼로도 될 수 있고 황진이도 될 수 있다. 일상의 나로부터 탈출할 수
있는 유일의 상상 자유지대. 봄. 얼마나 발랄한 일탈인가.

목포홍탁, 그 여자

정병근

험상궂게 주름 팬 얼굴

어떤 남자의 누님이며 어머니일 법한

그 여자 뚜벅뚜벅 썩은 홍어를 썬다

입가에 욕지거리를 다는 걸 보니

벌써 한잔 했다 한때

벌교 순천 카도집, 도둑 같은 남자 기다리며

시퍼런 칼 쓱쓱 갈아

쇠불알 썰던 그 여자

펄펄 김 피우던 그 여자,

긴급 출동 강북 카 서비스 옆

목포홍탁 불낙연포 바랜 선팅

세 평 공간까지 쫓겨온 사연, 술 권하지 마라

저 여자 우렁우렁 팔자타령 나오면

그까짓 중랑천변 이십 몇 층 아파트쯤

한걸음에 훌쩍 타넘고

인수봉 백운대 단숨에 올랐다가

죄 없는 홍어 옆구리 자꾸자꾸 베어 준다

그 집, 나올 때는 꼬부라진 혀로 시비를 걸든지

어떻게 돌아왔는지 도무지 생각나지 않아야 한다

시퍼런 칼을 들고 밤새 우는

목포홍탁, 늙은 그 여자

흠 없는 인생이 어디 있으랴. 사랑이 때로는 배반의 가시로 박히고,
그리움이 살아서 상처가 되는 일쯤이야 누군들 겪지 않으리. 해가 지
고 외로워지는 날. "목포홍탁, 늙은 그 여자"와 썩은 홍어 한 접시 썰
어 놓고 막걸리 마시고 싶네. 시퍼렇게 날이 선 내 가슴속 칼, 무디고
무뎌져서 쇠불알 한 점도 썰지 못할 때까지 마주 앉아서 막걸리 마시
고 싶네.

막동리 소묘 54

나태주

외진 숲길을 가다가 도회지 여자
엉뎅이 까뭉개고 급한 일 보는 거 숨어서 본다.
수세식 변소만 타고 있었을 저 허연 살덩이
싸리꽃 내음 스민 물소리에 씻기니 시원하겠다.

자연과 인간의 삶을 절묘하게 시로 버무려내는 시인이 나태주 말고 또
있을까 싶을 정도로 그의 시는 서정적 세계를 노래함에 있어 탁월하다.
이 시 「막동리 소묘 54」는 연작으로 꾸며진 시다. 시인이 5년여의 시
간을 공들여 완성한 시집이다. 일설에 의하면 그가 병석에서 투병 중
인 아내를 위해 썼다고 하는 이 시집은 당시 문광부에서 큰 상을 받기
도 했다. 문명화된 인간의 모습과 자연의 순수가 이토록 조화로울 수
있는 풍경이 재미있다. 이것은 화자의 시선이 잡스럽지 않기 때문이다.
먹고산다는 것에 휘둘려 어쩔 수 없이(?) 도회지의 삶을 선택했던 내
게도 싸리꽃 내음이 스민 깨끗한 엉덩이가 필요한 나이가 되었다.

6

늙으신 어머니의
발톱을 깎아드리며

돈암동 파 할머니

최동호

돈암동 시장 어귀
매일 아침 파를 다듬는
할머니가 길 모퉁이에 있었다 일년 내내
고개를 들지도 않고
파를 다듬는 할머니는
오직 파를 다듬기 위해 사는 사람처럼

매일 아침
채소 가게 어귀에 나와 앉아
머리가 하얀
파 껍질을 벗기고 있었다

한 번도 고개를 들어 행인을 보지 않고
언제나 구부린 자세로
파를 다듬기만 하던 할머니가
어느 날,
꽃샘바람 지나가는
시장 어귀를 바라보고 있었다

잘 다듬은 파처럼 단정하게 머리칼을

흙 묻은 손으로 쓸어 올리는
파 할머니 얼굴에서 흘낏
돌보다 강인한
우리 어머니의 얼굴을 보았다

한 가지 일념이 하늘에 닿으면 백 가지 원이 이루어진다고 한다. 돈
암동 시장 어귀에서 일 년 삼백육십오 일을 하루같이 파를 다듬고 계
시는 할머니의 일념은 우리가 매일 새벽 절이나 교회의 마룻바닥에서
엎드려 올리는 어떤 기도보다 더 간절한 통성의 기도일 것이다. 우리
들 어머니의 얼굴을 하고 매일 파를 다듬으시며 할머니가 올리는 통
성의 기도 속에는 자식의 앞날에 대한 간절한 소망도 있었으리라. 당
신의 잘 다듬어진 파가 우리들 식탁 위에서 일용할 양식이 되듯이 당
신에게도 하느님의 은혜가 가득했으면 좋겠네.

소주병

공광규

술병은 잔에다
자기를 계속 따라 주면서
속을 비워 간다

빈 병은 아무렇게나 버려져
길거리나
쓰레기장에서 굴러다닌다

바람이 세게 불던 밤 나는
문 밖에서
아버지가 흐느끼는 소리를 들었다

나가보니
마루 끝에 쪼그리고 앉은
빈 소주병이었다

인생살이 사십을 넘기면 대체로 결혼도 하고 아이들도 있다. 말 그대로 산전수전을 다 겪고 남은 것은 공중전만 남아 있을 나이다. 지난날 철이 없어 몰랐던 일을 내가 부모가 되어보니 그때야 자식들을 키운 내 부모의 어려운 심정을 알겠더라는 말이 있다. 단단하던 뼈마디에서 속이 비도록 당신 가진 것 다 내어주고 "마루 끝에 빈 소주병으로 쪼그리고 앉아서" 속울음만 삼키던 우리 아버지들의 삶. 오늘은 그마루 끝에 가만히 내가 앉아 본다.

돌돌

최영철

순한 것들은 돌돌 말려 죽어간다
죽을 때가 가까우면 순하게 돌돌 말린다
고개 숙이는 것 조아리는 것 무릎 꿇는 것
엊그제 떨어진 잎이 돌돌 말렸다
저 건너 건너 밭고랑
호미를 놓친 노인 돌돌 말렸다
오래전부터 돌돌 말려가고 있었다
돌돌 말린 등으로
수레가 구르듯 세 고랑을 맸다
날 때부터 구부러져 있었던 호미를 들고
호미처럼 구부러지며
고랑 끝까지 왔다
고랑에 돌돌 말려
고랑 끝에 다다른 노인 곁에
몸을 둥글게 만 잎들이 모여들었다
돌돌 저 먼 데서부터 몸을 말며
여기까지 왔다

한 사람의 삶의 괘적을 이토록 가볍고 경쾌하게 처리하기도 쉽지 않은 일이다. 대체로 연륜으로 걸어온 한 사람의 삶의 과정이란 무겁고 엄숙한 법이다. 세상에 순한 것들은 돌돌 말려서 죽어가고 돌돌 말려서 밭고랑 끝까지 굴러 온 잎들과 노인의 삶을 결부시킨 화자의 시선은 탁월하다. 이토록 죽음을 가볍게 들어 올리는 일은 시선의 새로움을 여간 요구하는 일이 아니다. 평소 화자가 사물에 대한 관찰의 새로움에 얼마나 깊이 천착하고 있는가를 알겠다. 세월이 가고 나이를 먹는다는 건 세상을 바라보는 눈이 조금씩 변한다는 것이다. 죽음을 바라보는 눈도 마찬가지다. 천수를 누리지 못하고 죽는 죽음이야 안타까운 일이지만 건강하게 천수를 누리다 가는 죽음들은 행복하다는 생각을 한다. 돌돌 말린 노인의 삶이 슬프지 않은 것은 노인도, 바라보는 시선도, 이미 천수의 죽음을 예감하고 있기 때문이다.

늙으신 어머니의 발톱을 깎아드리며

이승하

작은 발을 쥐고 발톱 깎아드린다
일흔다섯 해 전에 불었던 된바람은
내 어머니의 첫 울음소리 기억하리라
이웃집에서도 들었다는 뜨거운 울음소리

이 발로 아장아장
걸음마를 한 적이 있었단 말인가
이 발로 폴짝폴짝
고무줄놀이를 한 적이 있었단 말인가
뼈마디를 덮은 살가죽
쪼글쪼글하기가 가뭄못자리 같다
굳은살이 덮인 발바닥
딱딱하기가 거북이 등 같다

발톱 깎을 힘이 없는
늙은 어머니의 발톱을 깎아드린다
가만히 계셔요 어머니
잘못하면 다쳐요
어느 날부터 말을 잃어버린 어머니
고개를 끄덕이다 내 머리카락을 만진다

나 역시 말을 잃고 가만히 있으니
한쪽 팔로 내 머리를 감싸 안는다

맞닿은 창문이
온몸 흔들며 몸부림치는 날
어머니에게 안기어
일흔다섯 해 동안의 된바람 소리 듣는다.

나는 요즘 늙은 부모님을 모시고 사는 친구들이 부럽다. 늙으신 부모님의 그 눈 속에 비록 허공이 들어 있다 해도 부모님 앞에서 재롱잔치를 하는 친구들이 부럽다. 종교를 가졌거나 가지지 않았거나 없이 자식에게 부모는 그의 하느님이고 영원한 빽(?)이다. 나는 그 하느님도 빽도 없이 산 지가 오래다. 힘들거나 외로울 때 언제나 돌아가서 기댈 수 있는 언덕이었던 부모님. 그 부모님을 잃는다는 것은 또 하나 내 하늘을 잃는 일이고 세상 속에서 내 근원이 무너지는 일이다.

안개 속 풍경

정끝별

깜깜한 식솔들을 한 짐 가득 등에 지고
아버진 이 안개를 어떻게 건너셨어요?
닿는 순간 모든 것을 녹아내리게 하는
이 굴젓 같은 막막함을 어떻게 견디셨어요?
부푼 개의 혀들이 소리 없이 컹컹거려요
한 치 앞이 보이지 않는 발 앞을
위태로이 달려가는 두 살배기는
무섭니? 하면 아니 안 무서워요 하는데요
아버지 난 어디를 가고 있는지 모르겠어요
바람 속에서는 바다와 별과 나무,
당신의 냄새가 묻어 와요
이 안개 너머에는 당신 등허리처럼 넓은
등나무 한 그루 들보처럼 서 있는 거지요?
깜박깜박 젖은 잠에서 깨어나면
어느덧 안개와 한 몸 되어 백내장이 된
우우 당신의 따뜻한 눈이 보여요
덜커덩 덜컹 화물열차가 지나가요
그곳엔 당신의 등꽃 푸르게 피어 있는 거지요?
나무가 있으니 길도 있는 거지요?
무섭니? 물어주시면

아니 안 무서워요! 큰 소리로 대답할게요
이 안개 속엔 아직 이름도 모른 채 심어논
내 어린나무 한 그루가 짠하게 자라는걸요!
나부는 인제나 나무인걸요!

자욱하게 안개가 내려 세상으로 통하는 모든 길이 지워질 때도 아버지는 "굴젓 같은 막막함을" 견디며 느티나무처럼 버티고 계신다. 하늘과 땅의 의미에 닿은 나무의 상징성이 그러하듯이 아버지의 존재란 언제나 하늘로 향한 정신의 지향성과 대지의 넉넉한 포용성을 동시에 갖고 있는 존재다. 비바람이 불고 천둥이 쳐도, 눈보라가 치고 혹독한 겨울이 닥쳐도 그때마다 시련과 맞서는 당신의 허리는 꼿꼿하고 가슴은 따뜻했다. 나도 세상에 나가 자식을 기르고 부모가 되지만 때때로 세상의 풍랑을 만나면 막막해져서 "당신의 냄새가" 그리워지고 "당신의 따뜻한 눈"이 등꽃처럼 푸르게 피어서 내 등 뒤에서 내가 안 무섭다고 큰 소리로 말할 때까지 아버지, 가만가만 내 불안을 다독거려주실 것이다.

못 위의 잠

나희덕

저 지붕 아래 제비집 너무도 작아

갓 태어난 새끼들만으로 가득 차고

어미는 둥지를 날개로 덮은 채 간신히 잠들었습니다

바로 그 옆에 누가 박아 놓았을까요. 못 하나

그 못이 아니었다면

아비는 어디서 밤을 지냈을까요.

못 위에 앉아 밤새 꾸벅거리는 제비를

눈이 뜨겁도록 올려다봅니다

종암동 버스정류장, 흙바람은 불어오고

한 사내가 아이 셋을 데리고 마중 나온 모습

수많은 버스를 보내고 나서야

피곤에 지친 한 여자가 내리고, 그 창백함 때문에

반쪽 난 달빛은 또 얼마나 창백했던가요

아이들은 달려가 엄마의 옷자락을 잡고

제자리에 선 채 달빛을 좀 더 바라보던

사내의, 그 마음을 오늘 밤은 알 것도 같습니다

실업의 호주머니에서 만져지던

때 묻은 호두알은 쉽게 깨어지지 않고

그럴듯한 집 한 채 짓는 대신

못 하나 위에서 견디는 것으로 살아온 아비,

거리에선 아직도 흙바람이 몰려오나 봐요
돌아오는 길 희미한 달빛은 그런대로
식구들의 손 잡은 그림자를 만들어주기도 했지만
그러기엔 골목이 너무 좁았고
늘 한 걸음 늦게 따라오던 아버지의 그림자
그 꾸벅거림을 기억나게 하는
못 하나, 그 위의 잠

동병상련이라는 말이 있다. 밤새 하나의 못 위에 앉아서 아비 제비는
무슨 생각을 했을까. 실업의 빈 호주머니에서 때 묻은 호두알만 만지
며 가족들의 뒷그림자를 따라가는 가장처럼 오늘도 실업의 호주머니
를 뒤지고 있을 이 땅 동병상련의 영혼들을 위해 이 시가 작은 위로라
도 되었으면 좋겠다. 이 땅에서 사십의 가장으로 산다는 것은 바람이
불고 쌀쌀한 늦은 밤길에 낡은 가방 하나를 메고 가며 달빛 아래 자신
의 긴 그림자를 보는 것처럼 처연한 일이다. 힘내시라. 그래도 가장들
이여. 우리들에겐 돌아갈 집이 있고 사랑하는 가족들이 있지 않는가.

어머니 1

이성복

 가건물 신축 공사장 한편에 쌓인 각목더미에서 자기 상체
보다 긴 장도리로 각목에 붙은 못을 빼는 여인은 남성, 여
성 구분으로서의 여인이다 시커멓게 탄 광대뼈와 퍼질러
앉은 엉덩이는 언제 처녀였을까 싶으잖다 아직 바랜 핏자
국이 수국水菊꽃 더미로 피어오르는 오월, 나는 스무 해 전
고향 뒷산의 키 큰 소나무 너머, 구름 너머로 차올라가는
그녀를 다시 본다 내가 그네를 높이 차올려 그녀를 따라잡
으려 하면 그녀는 벌써 풀밭 위에 내려앉고 아직도 점심시
간이 멀어 힘겹게 힘겹게 장도리로 못을 빼는 여인,

 어머니,
 촛불과 안개꽃 사이로 올라오는 온갖 하소연을 한쪽 귀로
흘리시면서, 오늘도 화장지 행상에 지친 아들의 손발에, 가
슴에 깊이 박힌 못을 뽑으시는 어머니……

추억컨대 내가 살았던 고향 동네 앞으로는 미루나무가 자라는 넓은 신작로가 있었다. 여름이거나 가을 구분 없이 장날이 되면 함지박을 머리에 이고 촌로들이 늦은 장보기를 끝내고 오르내렸다. 평소에는 곤궁함으로 쉬 한 잔의 막걸리도 마음 놓고 자시지 못하던 그 마음에 장날은 조금 술이 과하다 싶을 정도로 취해서, 해가 지고 저마다 집으로 돌아가며 어두운 길에서 흐느끼듯 부르던 그들의 슬픈 노래는 지금도 내 가슴속의 에레미아로 남아 있다.

당신의 가슴에 박힌 못도 뽑지 못한 채 "오늘도 화장지 행상에 지친 아들의 손발에, 가슴에 깊이 박힌 못을 뽑으시는 어머니……." 그 시절, 우리들의 모든 어머니.

아, 고도(Godot)!

김상미

따뜻한 양지맡에 앉아
햇빛 쬐고 계신 할머니

비어 있는 허공만
계속해서 비어 있는 허공만
갖고 노셨나

지나가다 문득 시선 마주쳐도
아, 그 눈!

정말 그 눈 속엔 아무도
아무것도 없네

이 시를 읽고 있으면 갑자기 산다는 것이 숙연해진다. 모든 욕망도 시간도 다 놓아버린 저 텅 빈 눈. 무채색에 담긴 허공의 눈. 그 속에 드리운 풍경은 삶의 무게와 질량을 모두 버려서 한 장의 흑백사진을 보는 것처럼 표정이 없는 세계다. 할머니의 삶이 얼마나 지난했던가에 대한 물음은 이미 부질없는 것이다.

꽃잎

조정권

퇴근 시간 때 전철에 올라탄
등산복차림 사내가
산철쭉 꽃가지 한 묶음 들고 내 옆자리에
그냥 말없이 앉아 있다
동덕여대역에서 내릴 때까지
나는 꽃을 무릎에 앉힌 두 손만 바라보았다.

우리가 사랑했던 것들은
모두 무거운 것들이었구나.

꽃은 불의 이미지와 연결되기도 한다. 불은 모든 대상을 태워서 없애
기도 하지만 대상을 새롭게 만들어 내놓기도 한다. 이 시의 화자도
"꽃=무거운 것들"이라고 하는 바탕에는 불(빛)이 갖고 있는 창조적
외경이 화자 자신의 아름다움에 대한 선험적 인식과 더불어 깊게 자
리하고 있어서일 것이다. "산철쭉 꽃가지 한 묶음 들고 내 옆자리에"
앉은 등산복 차림의 사내가 들고 있는 꽃. 화자에게 이 꽃은 불타서
없어져 버리는 소멸로서의 꽃이 아니라 사랑했던 것들을 반추하게 하
는 생명으로서의 꽃이다. 우리가 사랑했던 것들은 쉬 떠나서 내 곁에
오래 머물지 않는다. 그래서 무거운 것이다.

어머니의 총기

고진하

영혼의 머리카락까지 하얗게 센 듯싶은
팔순의 어머니는

뜰의 잡풀을 뽑으시다가
마루의 먼지를 훔치시다가
손주와 함께 찬밥을 물에 말아 잡수시다가
먼 산을 넋놓고 바라보시다가

무슨 노여움도 없이
고만 죽어야지, 죽어야지
습관처럼 말씀하시는 것을 듣는 것이
이젠 섭섭지 않다

치매에 걸린 세상은
죽음도 붕괴도 잊고 멈추지 못하는 기관차처럼
죽음의 속도로
어디론가 미친 듯이 달려가는데

마른 풀처럼 시들며 기어이 돌아갈 때를 기억하시는
팔순 어머니의 총기聰氣!

아들도 어머니도 세수의 삶이 이만하면 되었다 싶을 정도로 담담해진 시간이다. 자식의 입장에선 세세 평생 당신이 살아계시기만 바랄 일이지만 자연의 섭리를 생각하면 그 또한 욕심일 터. "무슨 노여움도 없이/고만 죽어야지, 죽어야지" 어머니가 하시는 말씀은 '이제 내 할 일은 다 마쳤다'는 말씀이시고 그 말을 듣는 아들은 어머니를 이제 편안하게 놓아드려야 한다는 섭리를 스스로 깨쳐서 아는 까닭인지라 서로를 바라보는 시선이 따뜻하다. 어머니도 담담하시고 아들도 한이 되지 않는 삶이다.

아버지의 선물

허혜정

그는 신간 서적 하나를 건네주기 위해
낡은 쏘나타를 끌고 120킬로를 달려왔다
나는 기절할 뻔했다 하기야 오늘뿐인가

사람들 속에서도 나만 보고 걷는 아버지 곁에
나는 아이만 지켜보며 걷는다
떨어진 아이의 장갑을 주워주는
이 겸손한 남자의 사랑

그가 건네준 책은 다시 나의 램프다
당신이 사랑하던 책들은 내 책장에 꽂혀 있다
당신의 언어는 나의 말 속에 흐르고 있다

혼곤한 아이가 잠들어 있는 침대 맡에 기대어
성탄의 기적처럼 새 작품을 생각한다
별이 빛나고 있다

내가 내 아이의 부모가 될 수 있는 것도 내 아버지의 사랑이 내게 스
몄기 때문이다. 아버지의 아버지에게 물려받았던 아버지의 따뜻한 피
가 다시 또 내게서 내 아이에게 가는 이 무한 반복의 사랑. 이 무한
반복의 사랑이 없었다면 세상은 벌써 캄캄한 어둠이었을 것이다. 이
세상에 내가 굴하지 않고 꿋꿋하게 살아가야 하는 수많은 이유 중 그
하나의 이유가 여기에 있다. "혼곤한 아이가 잠들어 있는 침대 맡에
기대어" 가만가만 만져보는 아버지의 그림자.

작품 출처

마흔 / 시집 『불의 폭포가 쏟아진다』. 천년의 시작. 2002

1. 지는 내 청춘, 피는 그리움

강가에서 / 시집 『사랑을 놓치다』. 문학동네. 2001

한 잎의 여자 / 시집 『한 잎의 여자』. 문학과지성사. 1998

바람의 노래 / 시집 『바이러스로 침투하는 봄』. 랜덤하우스. 2006

그리운 악마 / 시집 『푸른 추억의 빵』. 고려원. 1995

아무르 강가에서 / 제19회 『소월시문학상 수상작』. 2004

바람 부는 날 / 『한국전후 문제 시집』. 서강현대시학회. 1961

사랑니 / 계간 『문예』. 2012. 봄

손톱달 / 격월간 『유심』. 2010. 9~10

즐거운 편지 / 시집 『즐거운 편지』. 휴먼앤북스. 2003

저녁의 연인들 / 시집 『저녁의 연인들』. 랜덤하우스코리아. 2006

아침 꽃을 저녁에 줍다 / 시집 『다정한 호칭』. 문학동네. 2012

물미해안에서 보내는 편지

/ 시집 『물미해안에서 보내는 편지』. 랜덤하우스코리아. 2005

이 비릿한 저녁의 물고기 / 시집 『사막의 별 아래에서』. 세계사. 1999

2. 마흔이 우는 법

사십세 / 시집 『책이 무거운 이유』. 창작과비평사. 2005

다른 소리 / 시집 『사랑이라는 재촉들』. 문학과지성사. 2011

일몰의 빈손 / 시집 『파묻힌 얼굴』. 민음사. 2011

빙어 / 시집 『빙어』. 천년의 시작. 2005

적멸寂滅 / 시집 『세상의 모든 뿌리는 젖어 있다』. 문학동네. 2001

당나귀 / 시집 『명왕성 되다』. 민음사. 2011

달팽이 약전略傳 / 『현대시학』. 2004. 5

어느 날 고궁古宮을 나오면서 / 『김수영 전집 1』. 민음사. 2003

밥그릇 경전 / 시집 『밥그릇 경전』. 실천문학사 . 2009

물든 놈 / 정효구. 『한국 현대시와 자연탐구』. 문학시대사. 1998

3. 불혹, 화해를 시작하다

아침에 / 계간 『서정시학』. 2009. 가을

연꽃 만나고 가는 바람같이

/ 송하선. 미당평전 『연꽃 만나고 가는 바람같이』. 푸른사상. 2008

봄날은 간다 / 경북일보. 2012. 7. 2

풀잎 끝에 이슬 / 시집 『인생』. 민음사. 2002

사랑법 / 시집 『풀잎』. 민음사. 1974

고양이가 돌아오는 저녁 / 시집 『고양이가 돌아오는 저녁』. 문학과지성사. 2009

성묘 / 시집 『시간이 지나간 시간』. 문학동네. 2002

풍문 / 계간 『불교문예』. 2012. 봄

처음 보는 저녁 / 계간 『문예중앙』. 2012. 봄

국화꽃 그늘을 빌려 / 시집 『젖은 눈』. 문학동네. 2009

겨울산 / 시집 『게 눈 속의 연꽃』. 문학과지성사. 1991

반성 743 / 시집 『반성』. 민음사. 1987

오래된 사원 1 / 시집 『바닷가의 장례』. 문학과지성사. 1999

코끼리 타고 부곡 하와이 / 계간 『시인수첩』. 창간호

4. 겨울에도 피는 꽃, 마흔

안녕, 여름 사랑아 / 시집 『슬픈 바퀴벌레 일가』. 세계사. 1994

인동忍冬잎 / 시집 『타령조打令調 · 기타其他』. 문화출판사. 1969

너에게 묻는다 / 집 『외롭고 높고 쓸쓸한』. 문학동네. 2004

구멍 있는 것들 / 시집 『구멍』. 세계사. 2006

갈대로 사는 법 / 월간 『현대문학』. 2010. 1

겨울강 / 『현대시 100년의 시』. 동아일보. 2008. 11. 7

밀밭에서, 테오에게 / 시집 『목숨』. 천년의시작. 2005

한계령을 위한 연가戀歌 / 시집 『남자를 위하여』. 민음사. 1996

격포 / 시집 『기억들』. 세계사. 2001

모든 순간이 꽃봉오리인 것을 / 시선집 『정현종 시선집』. 문학과지성사. 1999

5. 행복이 어설픈 마흔에게

냄새 / 시집 『소금집에 가고 싶다』. 들꽃. 1999

시내버스를 타고 가는 김종삼 / 시집 『는개 내리는 이른 새벽』. 현일사. 1992

묵화墨畵 / 시집 『북치는 소년』. 민음사. 1979

밝은 날 / 시집 『무늬』. 문학과지성사. 1994

점촌역 / 『점촌역 시비』. 2009. 9

내가 만난 사람은 모두 아름다웠다

/ 시집 『내가 만난 사람은 모두 아름다웠다』. 민음사. 2000

올해도 과꽃이 피었습니다 / 시집 『피터래빗 저격사건』. 랜덤하우스코리아. 2005

6. 늙으신 어머니의 발톱을 깎아드리며

이 책의 시인들

강연호 1962년 대전에서 태어났다. 고려대학교 국어국문학과 및 동 대학원을 졸업했다. 1991년 『문예중앙』 신인문학상으로 등단했으며, 1995년 현대시동인상을 수상했다. 시집 『비단길』 『잘못 든 길이 지도를 만든다』 『세상의 모든 뿌리는 젖어 있다』 『기억의 못갖춘마디』가 있다. 현재 원광대학교 문예창작과 교수로 재직하고 있다.

강은교 1945년 함경남도 홍원에서 출생하여 경기여고, 연세대 영문과, 동 대학원 국문과를 졸업하고 동 대학원 국문과 학위를 취득하였다. 동아대 국문과 교수, 버클리대 방문 교수를 역임하였고 현재 동아대 한국어문학부 교수로 재직 중이다. 1968년 월간 『사상계』 신인문학상에 시 「순례자의 잠」 외 2편이 당선되어 등단하였다. 한국문학작가상, 현대문학상, PSB 문화대상 등을 수상하였다. 시집으로 『허무집』 『빈자일기』 『소리집』 『우리가 물이 되어』 『바람노래』 『오늘도 너를 기다린다』 『어느 별에서의 하루』 『등불 하나가 걸어오네』 등이 있고, 산문집 『그물 사이로』 『추억제』 『누가 풀잎으로 다시 눈뜨랴』 『달팽이가 달릴 때』 등과 동화집 『숲의 시인 하늘이』 『저 소리가 들리지 않으세요?』 『삐꼬의 모험』, 그리고 시화집 『어느 미루나무의 새벽노래』 『젊은 시인에게 보내는 편지』 등이 있다. 그 외 시선집으로 『풀잎』 『슬픈 노래』 『사랑비늘』 등과 연구서 『한국근대문학비평사』 등이 있다.

고두현 1963년 경남 남해 출생. 경남대 국문과 졸업. 1993년 중앙일보 신춘문예에 시 「유배시첩─남해 가는 길」이 당선되어 시인으로 등단했다. 1988년 한국경제신문 입사 후 20여 년 동안 문화부 문학·출판 담당기자로 일했다. 2002~2003년 프랑스 파리 소르본 대학으로 언론인 해외연수를 다녀왔으며, 현재 한국경제신문 문화부장으로 일하고 있다. 제10회 시와시학 젊은시인상을 받았다. 저서로 『시 읽는 CEO』와 『옛 시 읽는 CEO』 『독서가 행복한 회사』 『곡선이 이긴다』가 있다. 시집으로 『늦게 온 소포』 『물미해안에서 보내는 편지』가 있다.

고진하 강원 영월에서 태어나 감리교신학대학과 동 대학원을 졸업하였고, 1987년 『세계의 문학』에 시인으로 등단하였다. 시집으로 『프란체스코의 새들』 『얼음수도원』 『수탉』 등이 있으며, 『나무신부님과 누에성자』 『목사 고진하의 몸 이야기』 『아주 특별한 1분』 『신들의 나라 인간의 땅: 고진하의 우파니샤드 기행』 등 다수의 산문집이 있다. 김달진문학상과 강원작가상을 수상하였고, 현재 숭실대학교 문예창작과 겸임교수와 한살림교회 목사로 재직 중이다.

공광규 1960년에 태어나 동국대학교 국문과와 단국대학교 대학원 문예창작과를 졸업했다. 1986년 『동서문학』으로 등단하고, 1987년 『실천문학』에 현장시들을 발표했다. 시집으로 『대학 일기』 『마른 잎 다시 살아나』 『지독한 불륜』 『소주병』과 시론집 『신경림 시의 창작방법 연구』 『시 쓰기와 읽기의 방법』 『시 창작 수업』이 있다.

권영준 1962년 경북 영주 출생하였다. 홍익대 대학원 졸업. 1998년 『현대시』로 등단했다. 시집 『박물관을 지나가다』 『불의 폭우가 쏟아진다』 등이 있다. 현재 인천 학익여고 교사로 재직 중이다.

김명리 1959년 대구에서 태어났으며 1984년 《현대시학》을 통해 등단했다. 시집으로 『물속의 아틀라스』 『물보다 낮은 집』 『적멸의 즐거움』 『불멸의 샘이 여기 있다』 등이 있다.

김명인 1946년 경북 울진 후포에서 태어나 1969년 고려대 국문과를 졸업했다. 1973년 중앙일보 신춘문예에 당선되어 등단했으며, 이후 '반시' 동인으로 활동했다. 미국 유타 주 브리검 영 대학과 러시아 연해주 소재 극동국립종합대학에서 교환교수를 지냈으며, 경기대 국문과 교수를 거쳐 고려대 문예창작과 교수로 퇴임했다. 시집 『동두천』 『머나먼 곳 스와니』 『물 건너는 사람』 『푸른 강아지와 놀다』 『바닷가의 장례』 『길의 침묵』 『바다의 아코디언』 『파문』 등이 있다. 소월시문학상, 김달진문학상, 동서문학상, 현대문학상, 이산문학상, 대산문학상, 이형기문학상 등을 수상했다.

김상미 1957년 부산 출생. 1990년 『작가세계』 여름호에 「그녀와 프로이트 요법」 외 8편으로 등단. 시집으로 『모자는 인간을 만든다』 『검은, 소나기떼』

『잡히지 않는 나비』가 있다.

김수영 1921년 서울 종로에서 태어났다. 1935년부터 1941년까지 선린상고를 거쳐 동경 상대에 입학했으나 1943년 조선 학병 징집을 피해 귀국하여 만주로 이주하였으며 심영 등과 연극을 하다가 1946년 문학으로 전향했다. 1946년 연희전문 영문과 4년에 편입했고, 1947년 예술부락에 「묘정廟庭의 노래」를 발표하면서 등단한 후 김경린, 박인환과 함께 시집 『새로운 도시와 시민들의 합창』을 출간하였다. 한국전쟁 때 서울을 점령한 북한군에 징집되어 참전했다가 거제도 포로수용소에서 1952년 석방되었다. 이후 부산, 대구에서 통역관 및 선린상고 영어교사 등으로 일했고, 잡지사와 신문사를 전전하며 시작과 번역에 전념하였다. 1948~1959년 사이에 발표했던 시를 모아 1959년에 시집 『달나라의 장난』(춘조사)을 간행하여 제1회 시협상을 받았고, 에머슨의 논문집 『20세기 문학평론』을 비롯하여 『카뮈의 사상과 문학』 『현대문학의 영역』 등을 번역한 바 있다. 1968년 6월 15일 밤 귀갓길에 집 근처에서 버스에 치여 머리를 다쳤고, 의식을 잃은 채 적십자병원에서 응급치료를 받았으나 끝내 의식을 회복하지 못하고 사망하였다. 1969년에 사망 1주기를 맞아 도봉산에 시비가 건립되었고, 민음사에서는 그의 업적을 기리기 위하여 '김수영문학상'을 제정하여 매년 수상하고 있다. 또한 2001년 10월 금관문화훈장이 사후에 수여되었다.

김영승 1958년 인천에서 태어나. 인천의 제물포고등학교를 거쳐 1983년 성균관대학교 철학과를 졸업하였고, 대학원에서 철학을 전공하다가 중도에 그만두었다. 1986년 계간 『세계의 문학』 가을호에 「반성. 서序」 외 3편의 시를 발표하면서 등단하였다. 2002년에 제3회 현대시 작품상, 2010년에 제5회 불교문예작품상, 2011년에 제29회 인천시 문화상을 수상하였다. 시집으로 『반성』 『車에 실려가는 車』 『취객의 꿈』 『심판처럼 두려운 사랑』 『아름다운 폐인』 『몸 하나의 사랑』 『권태』 『무소유보다도 찬란한 극빈』 『화창』, 수필집 『오늘 하루의 죽음』 등이 있다.

김종삼 1921년 황해도 은율 출생. 시집 『십이음계』 『시인학교』 『북치는 소년』 등. 시선집 『그리운 안니 로리』 『누군가 나에게 물었다』 등. 『김종삼 전집』 출간. 1984년 사망.

김춘수 경상남도 통영시 동호동에서 출생하였다. 경기고등학교를 졸업하고 일본으로 건너가 1943년 니혼대학日本大學 예술학과 3학년에 재학 중 중퇴하였다. 경북대 교수와 영남대 문리대 학장, 제11대 국회의원, 한국시인협회장을 역임했고, 제2회 한국시인협회상, 대한민국예술원상, 문화훈장(은관) 등을 수상하였다. 1945년 유치환, 윤이상, 김상옥 등과 '통영문화협회'를 결성하면서 본격적인 문학 활동을 시작했으며, 1946년 광복 1주년 기념시화집 『날개』에 「애가」를 발표하며 작품 활동을 시작하였다. 대구 지방에서 발행된 동인지 『죽순』에 시 「온실」 외 1편을 발표하였다. 1948년에 첫 시집 『구름과 장미』를 내며 문단에 등단한 이후, 주로 『문학예술』 『현대문학』 『사상계』 『현대시학』 등의 잡지에 작품을 발표하였고, 평론가로도 활동하였다. 시집으로 첫 시집 외에 『늪』 『기』 『인인隣人』 『꽃의 소묘』 『부다페스트에서의 소녀의 죽음』 『김춘수시선』 『김춘수전집』 『처용』 『남천南天』 『꽃을 위한 서시』 『너를 향하여 나는』 등이 있으며, 시론집으로 『세계현대시감상』 『한국현대시형태론』 『시론』 등이 있다. 이 외에도 『한국의 문제시 명시 해설과 감상』(공저) 등의 저서가 있다.

나태주 1945년 충남 서천군 시초면 초현리 111번지 그의 외가에서 출생하였다. 시초국민학교, 서천중학교를 거쳐 공주사범학교, 한국방송통신대학과 충남대학교 교육대학원을 졸업했다. 1964년 경기도 연천군 군남국민학교 교사로 발령, 이후 여러 초등학교 교사를 거쳐 청양 문성국민학교 교감, 충남교육연수원 장학사, 논산 호암국민학교 교감, 공주 왕흥초등학교 교장, 상서초등학교 교장, 공주 장기초등학교 교장으로 근무했다. 1971년 서울신문(현, 대한매일) 신춘문예 시 당선으로 문단에 데뷔하였으며, 흙의문학상, 충남문화상, 현대불교문학상, 박용래문학상, 시와시학상, 향토문학상, 편운문학상 등 많은 상을 수상하였다. 1973년에는 첫 시집 『대숲 아래서』를 펴냈고, 이후 1981년 산문집 『대숲에 어리는 별빛』, 1988년 선시집 『빈손의 노래』, 1999년 시화집 『사랑하는 마음 내게 있어도』, 2001년 이성선, 송수권과의 3인 시집 『별 아래 잠든 시인』, 2004년 동화집 『외톨이』, 2006년 『나태주 시선집』 등 다양한 분야의 많은 문학작품을 출간하였다.

나희덕 1966년 충남 논산에서 태어나 연세대 국문과와 동 대학원 박사과정을 졸업했다. 1989년 중앙일보 신춘문예에 시 「뿌리에게」가 당선되어 작품 활동을 시작, 김수영문학상, 오늘의 젊은 예술가상, 현대문학상, 이산문학상, 소월시문학상 등을 수상했으며 현재 조선대 문예창작학과 교수로 재직 중이다. 시집으로 『뿌리에게』『그 말이 잎을 물들였다』『그곳이 멀지 않다』『어두워진다는 것』『사라진 손바닥』, 시론집 『보랏빛은 어디에서 오는가』, 산문집 『반통의 물』 등이 있다.

맹문재 1963년 충북 단양에서 태어나 고려대 국문과 및 동 대학원을 졸업했다. 1999년 『현대시학』에 「적응을 위한 깊은 슬픔」을 발표하면서 평론활동을 시작했다. 시론 및 비평집으로 『한국 민중시 문학사』『패스카드 시대의 휴머니즘 시』『지식인 시의 대상애』『현대시의 성숙과 지향』『시학의 변주』, 편저로 『박인환 전집』『김명순 전집─시·희곡』, 시집 『먼 길을 움직인다』『물고기에게 배우다』『책이 무거운 이유』 등이 있다. 전국 노동자문학회 기관지인 『삶글』을 비롯해 『부천작가』『시작』『삶과 문학』 등의 창간과 주간을 맡았다. 현재 안양대 국문과 교수로 있다.

문정희 전남 보성에서 태어나 서울에서 성장, 1969년 『월간문학』으로 등단했다. 현대문학상, 소월시문학상, 정지용문학상 등을 수상했고, 마케도니아 테토보 세계문학 포럼에서 작품 「분수」로 올해의 시인상(2004), 2008년 한국예술평론가협회 선정 올해의 최우수 예술가상 문학 부문 등을 수상했다. 1996년 미국 Iowa대학(IWP) 국제 창작프로그램에 참가했다. 영어 번역시집 『Windflower』『Woman on the Terrace』, 독어 번역시집 『Die Mohnblume im Haar』, 스페인어 번역시집 『Yo soy Moon』, 알바니아어 번역시집 『kenga e shigjetave』『Mln ditet e naimit』 외 다수의 시가 프랑스어, 히부르어, 일본어 등으로 번역되었다. 동국대학교 석좌교수, 고려대학교 문예창작과 교수를 역임했다. 저서로 『문정희시집』『새떼』『혼자 무너지는 종소리』『찔레』『하늘보다 먼 곳에 매인 그네』『별이 뜨면 슬픔도 향기롭다』『남자를 위하여』『오라, 거짓 사랑아』『양귀비꽃 머리에 꽂고』『나는 문이다』『지금 장미를 따라』『사랑의 기쁨』 외에 장시 「아우내의 새」 등의 시집이 있다.

박남철 1953년, 경상북도 영일군 흥해읍 오도2리에서 태어났다. 흥해초등학교, 포항 동지중학교, 동지고등학교를 거쳐, 경희대학교 국어국문학과 및 동 대학원 국어국문학과를 졸업했다. 1979년, 대학교 4학년 때, 『문학과지성』 겨울호에 시 「연날리기」 외 3편을 발표함으로써 작품 활동을 시작. 한광여자상업학교 국어 교사, 국립 강원대학교 인문대학 국어국문학과 강사 역임. 시집으로 『그러나 나는 살아가리라』 『지상의 인간』 『반시대적 고찰』 『용의 모습으로/박남철 비평시집 I』 『러시아집 패설』 『자본에 살어리랏다』 『바다 속의 흰머리뫼』와 시선집 『생명의 노래』 등이 있다.

박성룡 1932년 전남 해남에서 출생. 중앙대 영문과 수학. 1956년 『문학예술』에 시가 추천되어 문학 활동을 시작하였다. 시집 『가을에 잃어버린 것들』 『춘하추동』 『동백꽃』 『휘파람새』 『고향은 땅끝』 『풀잎』 등이 있다.

박정대 1965년 강원도 정선에서 태어났다. 1990년 『문학사상』으로 등단했다. 시집 『단편들』 『내 청춘의 격렬비열도엔 아직도 음악 같은 눈이 내리지』 『아무르 기타』 『사랑과 열병의 화학적 근원』 『삶이라는 직업』이 있다. 현재 '무가당 담배 클럽' 동인, '인터내셔널 포에트리 급진 오랑캐' 밴드 멤버로 활동하고 있다. 김달진문학상과 소월시문학상을 수상했다.

박주택 1959년 충남 서산에서 태어났다. 경희대 국문과 및 동 대학원을 졸업했다. 1986년 경향신문 신춘문예로 등단하였고, 현재 경희대학교 국어국문학과 교수로 재직 중이다. 시집으로 『꿈의 이동건축』 『방랑은 얼마나 아픈 휴식인가』를 펴냈으며 시론집으로 『낙원 회복의 꿈과 민족정서의 복원』 등이 있다. 제5회 현대시 작품상을 수상했다.

박진성 1978년 충남 연기 출생으로, 고려대학교 서양사학과를 졸업했다. 2001년 『현대시』 신인상에 「슬픈 바코드」 외 4편의 시가 당선되면서 작품 활동을 시작했다. 시집으로 『목숨』 『아라리』 『불가능한 대화들』 등이 있다.

박형준 1966년 전북 정읍에서 태어나 서울예대 문예창작과를 졸업하고, 명지대 문예창작과 대학원 박사과정을 수료했다. 1991년 한국일보 신춘문예에 '가구家具의 힘'이 당선되어 등단하였으며, 1996년 제1회 꿈과시문학상을, 제15회 동서문학상을 수상했다. 시집으로 『나는 이제 소멸에 대해서 이야기하련다』 『빵 냄새를 풍기는 거울』 『춤』 등이 있고, 산문집으로 『저녁의 무늬』 『아름다움에 허기지다』가 있다.

서정주 (1915년~2000년) 전북 고창 출생. 1936년 동아일보 신춘문예에 시 「벽」이 당선되어 등단하였다. 김동인 등과 동인지인 시인부락을 창간하고 주간을 지내기도 하였다. 시집에는 제1시집 『花蛇集』(1941년, 24편), 제2시집 『歸蜀途』(1948년, 24편), 제3시집 『徐廷柱 詩選』(1956년, 20편), 제4시집 『新羅 抄』(1960년, 38편), 제5시집 『冬天』(1968년, 50편), 제6시집 『질마재 神話』(1975 년, 45편), 제7시집 『떠돌이의 詩』(1976년, 59편), 제8시집 『西으로 가는 달처 럼 ……』(1980년 116편), 제9시집 『鶴이 울고 간 날들의 詩』(1982년, 113편), 제 10시집 『안 잊히는 일들』(1983년, 92편), 제11시집 『노래』(1984년, 56편), 제12 시집 『팔할이 바람』(1988년, 51편), 제13시집 『山詩』(1991년, 91편), 제14시집 『늙은 떠돌이의 詩』(1993년, 72편), 제15시집 『80 소년 떠돌이의 詩』(1997년, 48 편) 등이 있다. 2000년 12월 24일에 사망하였다. 동국대학교 문리대학 교수, 현대시인협회회장, 한국문인협회 이사장 등을 역임하였으며, 대한민국문학 상, 대한민국예술원상을 수상하였고, 금관문화훈장이 추서되었다.

서정춘 1941년 전남 순천에서 출생하였으며 1968년 신아일보 신춘문예에 당선되어 등단했다. 시집 『죽편』 『봄 파르티잔』 『귀』 『물방울은 즐겁다』 등을 펴냈으며, 2001년에 제3회 박용래문학상, 2004년에 제1회 순천문학상, 2006 년에 제6회 최계락문학상, 2007년에 제5회 유심작품상 등을 수상하였다.

송재학 1955년 경북 영천에서 태어나 포항과 금호강 인근에서 유년시절을 보냈고, 1982년 경북대학교를 졸업한 이래 대구에서 생활하고 있다. 1986년 『세계의 문학』으로 등단한 후 김달진 문학상과 소월시문학상 등을 수상했다. 시집 『얼음시집』 『살레시오네 집』 『푸른빛과 싸우다』 『기억들』 『진흙 얼굴』 『그 가 내 얼굴을 만지네』 『내간체를 얻다』와 산문집 『풍경의 비밀』 등을 펴냈다.

송찬호 1959년 충북 보은에서 태어나 경북대 독문학과를 졸업했으며, 1987년 『우리 시대의 문학』 6호에 「금호강」 「변비」 등을 발표하면서 시단에 나 왔다. 시집으로 『흙은 사각형의 기억을 갖고 있다』 『10년 동안의 빈 의자』 『붉 은 눈, 동백』이 있으며, 2000년 동서문학상과 같은 해 김수영문학상, 2008년 미당문학상을 수상했다.

신경림 1935년 충청북도 충주에서 태어나 동국대학교 영문학과를 졸업했 다. 1956년 『문학예술』에 「갈대」 「墓碑」 등이 추천되어 시단에 나오게 되었다. 1973년 제1회 만해문학상 수상, 한국문학작가상, 이산문학상, 단재문학상, 공 초문학상, 현대불교문학상, 4.19문화상, 은관문화훈장, 제6회 만해문학상,

예술 부문 호암상만해문학상, 한국문학작가상을 받았다. 시집으로 『농무』 『새재』 『달넘세』 『남한강』 『우리들의 북』 등을 펴냈고, 그 밖에 평론으로 『농촌현실과 농민문학』 『삶의 진실과 시적 진실』 『역사와 현실에 진지하게 대응하는 시』 등을 발표했다.

심종록 1960년 경남 거제에서 출생하였다. 1991년 『현대시학』으로 등단. 시집으로는 『는개 내리는 이른 새벽』 등이 있다. 현재는 경기도 의정부에서 여행과 시창작에 전념하고 있다.

안도현 1961년 경북 예천에서 태어났으며, 원광대 국문과와 단국대 대학원 문예창작학과를 졸업했다. 1981년 대구매일신문 신춘문예에 시 「낙동강」이, 1984년 동아일보 신춘문예에 「서울로 가는 전봉준」이 당선되어 작품 활동을 시작했다. 같은 해 전북 이리중학교에 국어교사로 부임하였으며, 이듬해 첫 번째 시집, 『서울로 가는 전봉준』을 출간하였다. 전교조 활동으로 해직된 지 5년 만에 복직되었으며, 1996년 시와 시학 젊은 시인상을 수상하였고, 1997년 전업 작가가 되었다. 2004년 이후에는 우석대학교 문예창작과 교수로 재직 중이다. 시집 『서울로 가는 전봉준』 『모닥불』 『그대에게 가고 싶다』 『외롭고 높고 쓸쓸한』 『그리운 여우』 『바닷가 우체국』 『아무것도 아닌 것에 대하여』, 어른을 위한 동화 『연어』 『관계』 『사진첩』 『짜장면』 『증기기관차 미카』 등이 있고, 산문집으로 『외로울 때는 외로워하자』 『사람』이 있다. 2002년 『만복이는 풀잎이다』를 시작으로 그림동화책을 쓰기 시작하였으며, 아이들을 위한 동화책뿐만 아니라 어른들을 위한 동화책도 내놓고 있다.

엄재국 1960년 경북 문경에서 출생하였다. 2001년 『현대시학』으로 등단. 시집으로 『정비 공장 장미꽃』이 있다.

오규원 1941년 경남 밀양 삼랑진에서 출생하였고, 부산사범학교를 거쳐 동아대 법학과를 졸업했다. 1965년 『현대문학』에 「겨울 나그네」가 초회 추천되고, 1968년 「몇 개의 현상」이 추천 완료되어 등단하였다. 시집으로 『분명한 사건』 『순례』 『왕자가 아닌 한 아이에게』 『이 땅에 씌어지는 抒情詩』 『가끔은 주목받는 生이고 싶다』 『사랑의 감옥』 『길, 골목, 호텔 그리고 강물 소리』 『토마토는 붉다 아니 달콤하다』 『새와 나무와 새똥 그리고 돌멩이』 『오규원 시 전집』 등이 있으며 시선집 『한 잎의 여자』, 시론집 『현실과 극기』 『언어와 삶』 등이 있다.

오세영 1942년 전남 영광에서 출생하였다. 1965년『현대문학』에「새벽」이,
1966년「꽃 외」가 추천되고, 1968년「잠깨는 추상」이 추천 완료되면서 등단
하였다. 시집으로『반란하는 빛』『가장 어두운 날 저녁에』『무명 연시』『꽃들
은 별을 우러르며 산다』 등이 있다. 한국시인협회상, 녹원문학상, 소월시문
학상, 정지용문학상 등을 수상하였으며, 서울대 교수를 역임하였다.

오정국 1956년 경북 영양에서 태어나 중앙대 예술대 문예창작학과를 졸업
하고 동 대학원에서 박사학위를 받았다. 1988년『현대문학』추천으로 등단했
으며, 시집『저녁이면 블랙홀 속으로』『모래 무덤』『내가 밀어낸 물결』『멀리
서 오는 것들』과 평론집『시의 탄생, 설화의 재생』『비극적 서사의 서정적 풍
경』을 펴냈다. 서울신문 기자, 문화일보 문화부장을 거쳐 현재 한서대 인문
사회학부 문예창작학과 교수로 있다.

우대식 1965년 강원도 원주에서 출생하여 숭실대학교를 졸업하고 아주대
학교에서 박사학위를 받았다. 현재는 평택 진위고등학교에서 국어를 가르치
고 있다.『현대시학』으로 등단하여 시집『늙은 의자에 앉아 바다를 보다』『단
검』 등이 있으며 요절시인들의 삶을 취재한 산문집『죽은 시인들의 사회』가
있다.

위선환 전남 장흥 출생으로, 2001년『현대시』9월호에「교외에서」외 2편을
발표하면서 작품 활동을 시작했다. 시집으로『나무들이 강을 건너갔다』『눈
덮인 하늘에서 넘어지다』『새떼를 베끼다』가 있다. 현대시작품상, 현대시학
작품상을 받았다.

유미애 경북 문경에서 태어나 2004년『시인세계』신인상에「고강동의 태양」
외 4편이 당선되어 작품 활동을 시작했다. 2009년 서울문화재단 젊은 예술
가를 위한 창작지원금을 받았다. 시집으로『손톱』이 있다.

유종인 1968년 인천에서 태어나, 1996년『문예중앙』에 시「화문석」외 9편
이 당선되면서 문단에 나왔다. 2003년 동아일보 신춘문예 시조 부문, 2011
년 조선일보 신춘문예 미술평론 부문에 당선되었다. 시집으로『아껴 먹는 슬

품』『교우록』『수수밭 전별기』『사랑이라는 재촉들』 등이 있다.

유형진 1974년 서울에서 태어났다. 서울산업대 문예창작학과를 졸업하고, 2001년 『현대문학』으로 등단했다. 시집 『피터래빗 저격사건』『가벼운 마음의 소유자들』, 동화집 『사과가 시끄러』 등이 있다.

유홍준 1962년 경상남도 산청에서 태어났다. 1998년 『시와반시』에 「수평선을 밀다」 등의 시가 당선되어 등단하였다. 2005년 제1회 한국시인협회 젊은 시인상, 2007년 제1회 시작문학상, 제2회 이형기문학상, 2012년을 제2회 농어촌문학상(시 부문)을 수상했다. 시집으로 『喪家에 모인 구두들』『나는, 웃는다』『저녁의 슬하』 등이 있다.

윤의섭 아주대학교 국문과를 졸업하고 동 대학원에서 박사학위를 받았다. 1994년 문학과 사회로 등단했으며, 시집으로 『말광량이 삐삐의 죽음』『천국의 난민』『붉은 달은 미친 듯이 궤도를 돈다』가 있다. 2009년 애지문학상을 수상했고, 현재 '21세기 전망' 동인으로 활동하면서 아주대학교 연구교수로 재직 중이다.

윤제림 충북 제천에서 태어나 인천에서 자랐다. 동국대 국문과를 졸업하고 1987년 『문예중앙』 신인문학상을 수상하며 작품 활동을 시작했다. 현재 '21세기 전망' 동인으로 활동하고 있으며 카피라이터로 일하면서 서울예술대학 교수로 재직 중이다. 저서로는 시집 『삼천리호 자전거』『미미의 집』『황천반점』『사랑을 놓치다』『그는 걸어서 온다』 등이 있다.

이기철 경남 거창 출생. 1972년 『현대문학』으로 등단하였으며 시집 『청산행』『지상에서 부르고 싶은 노래』『열하를 향하여』『유리의 나날』『내가 만난 사람은 모두 아름다웠다』『사람과 함께 이 길을 걸었네』, 에세이집 『손수건에 싼 편지』, 외에 저서 『시학』『분단기 문학사의 시각』『인간주의 비평을 위하여』 등 다수를 펴냈다. 김수영문학상, 시와시학상, 최계락문학상, 아림예술상, 대구광역시 문화상(문학 부문) 등을 수상하였으며 현재 영남대 명예교수로 재직 중이다.

이덕규 1961년 경기 화성에서 태어났다. 1998년 『현대시학』으로 등단하고 제9회 현대시학 작품상을 수상했다. 시집으로『다국적 구름공장 안을 엿보다』,『밥그릇 경전』등이 있다.

이사라 서울에서 태어나 이화여대 국문과와 동 대학원을 졸업했다. 1981년『문학사상』으로 등단했으며 대한민국문학상을 수상했다. 현재 서울산업대 문예창작과 교수로 재직 중이다. 저서로는 시집『히브리인의 마을 앞에서』,『미학적 슬픔』,『숲 속에서 묻는다』,『시간이 지나간 시간』,『가족 박물관』등이 있다.

이성복 1952년 경상북도 상주에서 태어나 서울대학교를 졸업했다. 동 대학원에 진학하여 1982년「Baudelaire에서의 현실과 신비」로 석사학위를, 1990년「네르발 시의 易學的 理解」로 문학박사학위를 취득했다. 1977년 계간『문학과 지성』겨울호에「정든 유곽에서」를 발표하며 작품 활동을 시작했다. 계명대학교 불어불문학과 교수를 거쳐 현재 문예창작학과 교수로 재직 중이다. 1982년 제2회 김수영문학상, 1990년 제4회 소월시문학상, 2004년 제12회 대산문학상, 2007년 제53회 현대문학상을 수상했다. 시집으로『뒹구는 돌은 언제 잠을 깨는가』,『남해 금산』,『그 여름의 끝』,『호랑가시나무의 기억』, 시선집『정든 유곽에서』,『아, 입이 없는 것들』,『달의 이마에는 물결무늬 자국』,『오름 오르다』, 산문집『나는 왜 비에 젖은 석류 꽃잎에 대해 아무 말도 못 했는가』,『네 고통은 나뭇잎 하나 푸르게 하지 못한다』등이 있다.

이수익 경남 함안 출생. 1963년 서울신문 신춘문예 등단. 시집『우울한 샹송』,『눈부신 마음으로 사랑했던』,『꽃나무 아래 키스』,『처음으로 사랑을 들었다』등이 있다. 현대문학상, 정지용문학상, 한국시인협회상 수상. 현대시 동인.

이승하 1960년 경북 의성 출생으로 김천에서 성장하였다. 중앙대 문예창작학과 및 동 대학원을 졸업하였다. 1984년 중앙일보 신춘문예에 시가 당선되었고, 1989년 경향신문 신춘문예에 소설이 당선되었다. 대한민국 문학상 신인상, 지훈문학상, 중앙문학상등을 수상하였다. 현재 중앙대 문예창작학과 교수로 재직 중이다. 시집『사랑의 탐구』,『우리들의 유토피아』,『욥의 슬픔을 아시나요』,『폭력과 광기의 나날』,『박수를 찾아서』,『생명에서 물건으로』,『뼈아픈 별을 찾아서』,『인간의 마을에 밤이 온다』,『취하면 다 광대가 되는 법이지』,『공포와 전율의 나날』,『천상의 바람, 지상의 길』등을 펴냈다.

이승훈 한양대 국문과 및 연세대 대학원 국문과 졸업. 문학박사. 1963년
『현대문학』에 시로 등단. 현대문학상, 한국시협상, 시와시학상, 백남학술상,
김삿갓문학상, 이상시문학상 등 수상. 현재 한양대 명예교수이다. 시집으로
『사물A』『당신의 방』『비누』『이것은 시가 아니다』『화두』『인생』 등이 있고,
시론집으로 『시론』『모더니즘시론』『포스트모더니즘시론』『해체시론』『한국모
더니즘시사』『한국현대시론사』『정신분석시론』『선과기호학』『아방가르드는
없다』『선과 하이데거』 등 저서 64권이 있다.

이시영 1949년 전남 구례에서 출생하여 서라벌예대 문예창작과를 졸업,
고려대 대학원 국문과를 수학했다. 1969년 중앙일보 신춘문예에 당선되고,
『월간문학』 제3회 신인상을 수상하며 문학 활동을 시작하였다. 1988년부터
1995년까지 중앙대 문예창작과에서 강의하였으며 중앙대 예술대학원 객원
교수를 역임, 현재 단국대 문예창작과 초빙교수로 재직 중이다. 1996년 제
8회 정지용문학상, 1998년 제11회 동서문학상을 수상하였으며 시집 『만월』
『바람 속으로』『길은 멀다 친구여』『이슬 맺힌 노래』『무늬』『사이』『조용한 푸
른 하늘』『은빛 호각』『바다 호수』『아르갈의 향기』 등과 산문집 『곧 수풀은 베
어지리라』를 펴냈다.

이위발 1959년 경북 영양에서 태어났으며, 1993년 『현대시학』에 시 「퇴색
한 바람이 일어서는 벼랑 끝」 외 10편으로 등단하였다. 1992년 첫 시집 『어
느 모노드라마의 꿈』을 출간하였다. 서울산업대학교 문예창작과와 고려대
학교 대학원 문학예술학과를 졸업하였다.

이은규 1978년 서울에서 태어났다. 2006년 국제신문, 2008년 동아일보 신
춘문예를 통해 등단했다. 한양대학교 대학원에서 박사과정재학. 시집으로
『다정한 호칭』이 있다.

이재훈 1972년 강원 영월 출생. 1998년 『현대시』로 등단하여 시를 쓰기 시
작했다. 중앙대학교 대학원 국문학과 문예창작을 전공하여 박사학위를 받
았다. 대학에서 문학과 글쓰기를 강의하고 있으며, 『현대시』 부주간으로 활
동하고 있다. 시집으로 『내 최초의 말이 사는 부족에 관한 보고서』『명왕성
되다』가 있고, 그 외에 지은 책으로 『현대시와 허무의식』『딜레마의 시학』이
있다.

이진우 1965년 경남 충무에서 출생했다. 고려대학교 철학과 졸업. 1989년 『현대시학』으로 등단. 「슬픈 시학」 편집 동인이며 소설과 평론활동을 겸하고 있다. 시집 『슬픈 바퀴벌레 일가』 『내 마음의 오후』, 소설 『적들의 사회』 『소설 이상』 『인도에 딸을 묻다』, 산문집 『저구마을 아침편지』, 번역서 『엄지손가락의 기적(HOLES)』 『토마스와 친구들 시리즈』 등 다수가 있다.

임희숙 서울에서 태어났다. 1991년에 시단에 등단하여, 1999년에 첫 시집 『격포에 비 내리다』를 출간했다. 현재 명지대학교대학원 미술사학과에서 한국미술사를 전공하고 있으며, 2010년 서울문화재단 작가창작활동지원 대상으로 선정되었다. 두 번째 시집으로 『나무 안에 잠든 명자씨』를 출간했다.

장석남 1965년 인천 덕적에서 출생하여 서울예대 문예창작과를 거쳐 방송대, 인하대 대학원 국문과 박사과정을 수료한 후 현재 한양여대 문예창작과 교수로 재직 중이다. 1987년 경향신문 신춘문예에 「맨발로 걷기」가 당선되어 등단하였으며 1991년 첫 시집 『새떼들에게로의 망명』으로 김수영문학상을 수상하였고 1999년 「마당에 배를 매다」로 현대문학상, 2010년 제10회 「미당문학상」, 2012년 제23회 「김달진문학상」을 수상했다. 시집으로는 『새떼들에게로의 망명』 『지금은 간신히 아무도 그립지 않을 무렵』 『젖은 눈』 『왼쪽 가슴 아래께에 온 통증』 『미소는, 어디로 가시려는가』 『뺨에 서쪽을 빛내다』 『고요는 도망가지 말아라』 등이 있다.

정끝별 1964년 전남 나주에서 태어나 이화여대 국문과와 동 대학원을 졸업했다. 1988년 『문학사상』 신인발굴 시 부문 신인상에 '칼레의 바다' 외 6편의 시가 당선되어 등단하였다. 1994년 동아일보 신춘문예 평론 부문에 당선된 후 시 쓰기와 평론 활동을 병행하고 있으며, 현재 명지대 국문과 교수로 재직 중이다. 저서로는 시집 『자작나무 내 인생』 『흰 책』 『삼천갑자 복사빛』, 시론·평론집 『패러디 시학』 『천 개의 혀를 가진 시의 언어』 『오륙의 노래』, 여행산문집 『여운』 『그리운 건 언제나 문득 온다』와 시선평론 『시가 말을 걸어요』 『밥』 등이 있다. 2004년에 제2회 유심작품상 시 부문을 수상하였으며, 2008년에는 시 「크나큰 잠」으로 제23회 소월시문학상 대상에 선정되었다.

정병근 1962년 경북 경주에서 태어나 동국대 국문과를 졸업하였다. 1988년 『불교문학』을 통해 문단에 나왔으며 2001년 『현대시학』에 「옻나무」 외 9편을 발표하면서 작품 활동을 시작하였다. 시집으로 『오래전에 죽은 적이 있다』 『번개를 치다』 등이 있다.

정현종 1939년 12월 17일 서울시 용산구에서 3남 1녀 중 셋째로 태어났다. 1959년 연세대학교 철학과에 입학하였으며, 재학 시절 대학신문인 『연세춘추』에 발표한 시가 연세대 국문과 박두진 교수의 눈에 띄어 1984년 5월 『현대문학』의 추천을 받았다. 1965년 대학을 졸업하고 같은 해 3월과 8월에 각각 「독무」와 「여름과 겨울의 노래」로 『현대문학』에서 3회 추천을 완료하고 문단에 등단하였다. 1966년에는 황동규·박이도·김화영·김주연·김현 등과 함께 동인지 『사계』를 결성하여 활동하였다. 1970~1973년 서울신문 문화부 기자로, 1975~1977년에는 중앙일보 월간부에서 일하였으며, 1977년 신문사를 퇴직한 뒤 서울예술전문대학 문예창작과 교수로 부임해서 시 창작 강의를 하였다. 1982년부터 연세대학교 국문과 교수로 재직하였으며 2005년에 정년퇴임하였다. 연암문학상, 이산문학상, 현대문학상, 대산문학상, 미당문학상을 수상하였으며, 시집으로 『사물의 꿈』 『나는 별아저씨』 『떨어져도 튀는 공처럼』 『사랑할 시간이 많지 않다』 『한 꽃송이』 『세상의 나무들』 『갈증이며 샘물인』 등과 시선집 『고통의 축제』 『달아 달아 밝은 달아』 『사람으로 붐비는 얇은 슬픔이니』 『사람들 사이에 섬이 있다』 『이슬』 등이 있다. 시론과 산문집 『날자, 우울한 영혼이여』 『숨과 꿈』 『생명의 황홀』 등을 펴냈으며, 예이츠, 네루다, 로르카의 시선집을 번역 출간했다.

조정권 1949년 서울에서 나고, 1970년 『현대시학』을 통해 등단했다. 시집 『비를 바라보는 일곱 가지 마음의 형태』 『시편』 『허심송』 『하늘이불』 『산정묘지』 『신성한 숲』 『떠도는 몸들』이 있다. 문학상으로는 녹원문학상, 한국시인협회상, 김수영문학상, 소월시문학상, 현대문학상, 김달진문학상을 수상했다.

주병율 1960년 경북 경주에서 태어났다. 1992년 『현대시』에 「오후의 잠」 외 4편을 발표하면서 등단했다. 서울과학기술대학교 문예창작학과와 고려대학교 대학원 문학예술학과를 졸업하였다. 시집으로 『빙어』, 공저 『봄, 하루해 짧아서 꽃잎 하나 보지 못하네』 『소멸의 지평선』 등이 있다.

최동호 고려대 국문과, 동 대학원 문학박사이다. 경남대와 경희대 교수를 역임하였으며, 현재 고려대 문과대 국문과 교수이다. Iowa대학, 와세대 대

학, UCLA 등에서 방문 연구교수로 동서시 비교연구를 진행하였다. 시집
『황사바람』『아침책상』『공놀이하는 달마』『불꽃 비단벌레』『얼음얼굴』 등이
있다. 평론 부문 소천문학상, 김환태문학상, 대산문학상과 시 부문 현대불교
문학상, 고산 윤선도문학상, 박두진문학상을 수상하였다.

최문자 1943년 서울에서 태어났다. 성신여대 국문과 대학원에서 박사학위
를 받았고 1982년 『현대문학』으로 등단했다. 협성대 문예창작학과 교수 및
동 대학교 총장을 역임했다. 『귀 안에 슬픈 말 있네』『나는 시선 밖의 일부이
다』『울음소리 작아지다』『나무 고아원』『그녀는 믿는 버릇이 있다』『사과 사
이사이 새』 등 다수의 시집 외 시 선집 『닿고 싶은 곳』, 시론서 『현대시에 나
타난 기독교 사상의 상승적 해석』 등이 있다. 한성기문학상, 박두진문학상,
한국여성문학상을 수상했다.

최서림 본명은 최승호. 1956년 경북 청도에서 태어나, 서울대 국어국문학
과를 졸업하고 동 대학원에서 문학박사학위를 받았다. 1993년 서림이란 필
명으로 『현대시』를 통해 등단했고, 현재 서울과학기술대학교 문예창작학과
교수로 있으며 제1회 클릭학술문화상을 수상했다. 시집 『이서국으로 들어
가다』『유토피아 없이 사는 법』『세상의 가시를 더듬다』『구멍』, 비평집 『말의
혀』, 저서 『한국 현대시와 동양적 생명 사상』『한국적 서정의 본질 탐구』『서
정시의 이데올로기와 수사학』『서정시와 미메시스』 등을 펴냈다.

최승호 1954년 강원도 춘천에서 태어나 춘천교육대를 졸업하고 사북 등
강원도의 벽지 국민학교에서 교편을 잡았다. 1977년 『비발디』로 『현대시학』
의 추천을 받고 시단에 데뷔해 1982년 『대설주의보』 등으로 제6회 '오늘의 작
가상'을 수상했으며 이듬해 첫 시집 『대설주의보』를 간행했다. 1982년에 오
늘의 작가상, 1985년에 김수영문학상, 1990년에 이산문학상, 2000년에는 대
산문학상, 2003년에는 미당문학상 수상. 현재 숭실대학교 문예창작학과 교
수로 시를 강의하고 있다. 시집으로 『대설주의보』『고슴도치의 마을』『진흙소
를 타고』『세속도시의 즐거움』『회저의 밤』『반딧불 보호구역』『눈사람』『여백』
『그로테스크』『모래인간』『아무것도 아니면서 모든 것인 나』『북극 얼굴이 녹
을 때』『아메바』, 산문집 『달마의 침묵』 등이 있다.

최영철 1956년 경남 창녕에서 태어나 부산에서 성장했고, 1986년 한국일

보 신춘문예에 시가 당선되어 본격적인 작품 활동을 시작했다. 시집『아직도
쭈그리고 앉은 사람이 있다』『가족사진』『홀로 가는 맹인악사』『야성은 빛나
다』『일광욕하는 가구』『개망초가 쥐꼬리망초에게』『그림자 호수』『호루라기』
등과 산문집『우리 앞에 문이 있다』『나들이 부산』『동백꽃, 붉고 시린 눈물』,
그리고 어른을 위한 동화『나비야 청산 가자』를 펴냈다. 백석문학상을 수상
했다. 현재 '시힘' 동인으로 활동 중이다.

허순위 1955년 경남 진주에서 출생했다. 경남여고, 대한신학대학 국문과
졸업. 1984년『현대시학』에「산백일홍」외 발표 등단. 시집으로『말라가는 희
망』『포도인 아이』등이 있다.

허혜정 동국대학교 국어국문학과와 동국대학교 대학원 박사과정을 졸업
하고 현재 한국사이버대학교 문예창작학부 교수로 재직 중이다. 1987년 한
국문학 신인작품상을 받으며 시로, 1995년『현대시』에 평론으로 등단하였다.
1997년 중앙일보 신춘문예에 평론이 당선된 바 있으며, 계간『시와 사상』
『서정시학』편집위원으로 활동하고 있다. 시집『비 속에도 나비가 오나』, 학
술서『혁신과 근원의 자리』『현대시론』1, 2권, 『멀티미디어 시대의 시창작』
『에로틱 아우라』『처용가와 현대의 문화산업』등 다수의 저서가 있다.

황동규 1938년 평안남도 숙천에서 소설가 황순원의 맏아들로 태어났다.
1946년 가족과 함께 월남해 서울에서 성장했다. 1957년 서울고등학교를 졸
업한 후 서울대학교 문리과대학에서 영어영문학 학사 및 석사학위를 취득했
다. 1966~1967년 영국 에든버러대학교 대학원에서 수학한 후 1968년부터
서울대학교에서 영문학을 강의했다. 1970~1971년 미국 아이오와대학교 연
구원을 지냈으며, 1987~1988년 미국 뉴욕대학교 객원교수로 활동했다. 서
울대학교 영어영문학과 교수를 거쳐 현재 서울대 영문과 명예교수와 예술원
회원으로 활동하고 있다. 1958년 서정주에 의해 시「시월」「동백나무」「즐거
운 편지」가『현대문학』에 추천되어 시인으로 등단했다. 시집으로『어떤 개인
날』『비가』『나는 바퀴를 보면 굴리고 싶어진다』『악어를 조심하라고』『몰운
대행』『미시령 큰바람』『외계인』『버클리풍의 사랑노래』등이 있으며, 『사랑
의 뿌리』『겨울의 노래』『나의 시의 빛과 그늘』『젖은 손으로 돌아보라』『삶의
향기 몇점』등의 산문집이 있다. 1998년『황동규 시 전집』이 간행되었다.

황지우 본명은 황재우. 1952년 전남 해남에서 출생하였다. 1972년 서울대학교 미학과에 입학하여 문리대 문학회에 가입하여 문학 활동을 시작하였다. 1973년 유신반대 시위에 연루되어 강제 입영당하였고 1980년 광주민주화운동에 가담한 혐의로 구속되었다. 1981년 서울대학교 대학원에서 제적되어 서강대학교 대학원으로 옮겨 1985년 철학과를 졸업하였고, 1991년 홍익대학교 대학원 미학과 박사과정을 수료하였다. 문학계간시 『외국문학』과 『세계의 문학』 주간을 역임하였으며, 1994년부터 한신대학교 문예창작과 교수, 1997년부터 한국예술종합학교 연극원 교수로 재직했다. 2002년 월드컵 문화행사 전문위원으로 활동했고 '2005 독일 프랑크푸르트 도서전 한국의 책 100' 선정위원회 위원장 및 주빈국 조직위원회 총감독을 맡기도 했다. 2006년 한국예술종합학교 총장에 역임. 1980년 중앙일보 신춘문예 「연혁沿革」 입선, 『문학과 지성』에 수필 「대답없는 날들을 위하여」를 발표하며 등단했다. 저서로는 『겨울-나무로부터 봄-나무에로』 『나는 너다』 『게 눈 속의 연꽃』 『저물면서 빛나는 바다』, 백석문학상 수상작인 『어느 날 나는 흐린 주점에 앉아 있을 거다』가 있으며 역서로는 『예술사의 철학』 『큐비즘』 등이 있다. 창작희곡으로 『101번지의 3만일』 『오월의 신부』 『물질적 남자』가 있다. 김수영문학상, 백석문학상 외에도 현대문학상, 소월시문학상, 대산문학상 등을 수상하였고 2006년 옥관문화훈장을 받았다.

황학주 1954년 전남 광주에서 출생. 1987년 시집 『사람』으로 등단. 시집 『내가 드디어 하나님보다』 『갈 수 없는 쓸쓸함』 『늦게 가는 것으로 길을 삼는다』 『너무나 얇은 생의 담요』 『루시』 『저녁의 연인들』 『노랑꼬리 연』, 시선집 『슬픔의 온도』 『아프리카 아프리카』 『상처학교』, 산문집 『땅의 연인들』 『인디언 마을로 가는 달』 『아카시아』 『당신, 이라는 여행』 『고향』, 장편소설 『세 가지 사랑』 등이 있다.

그때 조금만 더 노력을 했더라면,
그때 조금만 더 열심히 공부를 했더라면,
그때 조금만 더 열심히 버텼더라면⋯⋯.
사는 모습에 따라 그 후회의 종류도 다양하리라.
이렇게 후회하는 일들이 많아질수록 세월은 가고
나이는 먹어간다.

지금 이 순간에 닥친 이 일이
내 인생에서 완성할 수 있는 최고의 일이고
꽃봉오리라는 각오로
살아볼 일이다.

마흔, 사랑하는 법이 다르다

1판 1쇄 2012년 12월 25일

엮 은 이 주병율

발 행 인 주정관
발 행 처 더좋은책
주   소 경기도 부천시 원미구 상3동 529-2 한국만화영상진흥원 311호
대표전화 032-325-5281
팩시밀리 032-323-5283
출판등록 2011년 11월 25일 (제387-2011-000066호)
홈페이지 www.ebookstory.co.kr
이 메 일 bookstory@naver.com

ISBN 978-89-98015-02-2 03810

이 도서의 국립중앙도서관 출판시도서목록(CIP)은 e-CIP 홈페이지
(http://www.nl.go.kr/ecip)에서 이용하실 수 있습니다.
(CIP제어번호 : CIP2012005668)